青山5丁目レンタル畑

もくじ

冬

【美菜子】

十時五十分。

机の下で腕時計を盗み見ていた江藤美菜子は、すっと席を立った。

何事もなかったような顔をして総務部を出ると、トイレへと向かう。

そこはぴしっと冷たい空気が漂っている。いつもは薄暗く換気も悪い古びた場所も、ここで誰かが悔し泣きをしたり、彼に会うためにおしゃれをしたり、新たな場所に進むための準備をしたりしたのだろうと思うと、感慨深い。

美菜子も何度、ここの鏡を覗き込んだだろう。

自信がなくて失敗続きだった新人時代も、後輩ができた日も、合コンに参加するという日も、いつもこの総務部前のトイレに来た。

一歩下がって、上半身を鏡に映す。

グレーのニットワンピに黒のジャケットできちんと感を出した。本当はスーツをパリッと着ることも考えたのだけれど、キメすぎも嫌だった。

「髪型よし。メイク……まぁ、いいか。やりすぎず、やらなすぎず」

数分後には同じフロアの人事部に行く。あまり気合いを入れすぎたと思われてもなんだかこっぱずかしいが、でも、美菜子にとって内心ではバリバリに気合いを入れたいぐらいのことがこれから起こるはずなのだ。そう、信じたい。


昨日、総務部長の水沢からランチに誘われた。

彼は美菜子が配属されて三年目に部長に昇格した。こういう古い体質の会社ながら、ぎりぎり四十代で部長になったからやり手なのか、でなければ、相当、上に取り入ったのだろうと当時は評判になった。が、実際はそんな野心も感じることのないまま、もう四年が過ぎている。

ただ、ケチで有名な水沢がランチに誘うことなどめったにないから、あるとしたら、部下にとって大きな変化が起こる前触れともっぱらのウワサ。しかも、いい話ならイタリアン、あまりよくない話ならそば屋というのが定番だ。

美菜子はイタリアンだった。促《うなが》されるままに行った店の中は、早くもクリスマスの飾りつけがされていて、どこか浮かれて見える。

「念願の異動だってよ」

それぞれ注文し終えてしまったら何も話題がなくなり、仕方なくグラスに入ったミネラルウォーターに口をつけた時、水沢が言った。

「えっ？　ホントですか？　どこに？」

思わずグラスを置き、身を乗り出して聞いてしまう。すると水沢は少し怪訝な顔をした。喜びが顔にあふれすぎてしまったのかも。

「まぁ、そう焦るなって。俺も詳しいことは聞いてないけど、希望どおりらしいよ」

興味なさそうに言う水沢の前で、「ひぇっ」と変な声を出してしまった。

新卒で健康器具会社パーフェクトヘルスに就職し、総務部に配属になって丸六年。別に上司の水沢が嫌だったとか、総務部の人間関係がどうのという理由など何もない。でも、毎年毎年、企画部への異動願を出し続けてきたし、全社的なアイディア募集があれば、かかさず提出もしてきた。たとえば、今までにない機能がついた血圧計とか、スタイリッシュなトレーニングマシンとか、効果も感じられつつ遊び心があって、気軽に健康になれる商品を世に送り出したかった。

厳しい就職活動の中、採用してくれた会社だったし、愛着もあったから、特に転職活動もせず、苦手な事務仕事も黙々とこなしてきた。総務だけに社内の人と多く関わることはできたけれど、その一方で、「自社の商品」との関わりが薄かったのが不満といえば不満だった。

　しかし、今回、希望どおりということは、企画部なのか。いよいよ名実共に、対外的に「ウチの商品」と胸を張って言えるようになるのだろうか。

「私、企画に行けるんですか！」

「だから、詳しいことは聞いてないって。明日十一時に人事に行くようにって」

「はい。水沢さん、今まで本当にお世話になりました」

　美菜子は姿勢を正す。

「だーかーら、まだ早いって」

　その時ちょうど、水沢の大盛りカレーリゾットと、美菜子の新鮮野菜リゾットが運ばれてきて、話は途切れた。

　冬のリゾットは格別だ。夏に食べるよりも、お米のおいしさを感じられる気がするから。アツアツの野菜リゾットを口に運ぶ。ホワイトソースのこってり感はほとんどない。さらに添えられたブロッコリーにはほんのりとだしが利いていて、とてもおいしかった。

「しかし、なんで企画なんかに行きたいかね」

「水沢さんは行きたくないんですか？」

「行きたいも行きたくないも……うちの会社で希望が通るはずないからな。異動についてはあんまり考えないようにしてきた」

「えっ、そうなんですか？」

「知らなかったのか。何年もいるくせにおめでたいやつだな。古い体質の会社なんだよ、うちは。期待するだけムダ。すべては社長のさじかげんだからな。波風立てずに、置かれた場所でやるまでだな」

しゃべりながらも、水沢はあっという間に大盛りのカレーリゾットを食べ終えてしまった。

「古いのは知ってましたけど……そういう考え方もあるんですね」

美菜子はつぶやくと、柔らかくとろけそうなズッキーニを口に入れた。

総務部と人事部は同じフロアにあり、ついたてで仕切られているだけだ。でも、いつもの延長で隣の部署に行くというのはなんとなく気がひけた。だから、トイレから出た美菜子は、わざわざ人事部側にあるドアから入り、人事部長のもとへと向かったのだ。

＊

最悪。というかありえない。

三十分前と同じ人事部側のドアから出てきた美菜子は大きくため息をついた。

たしかに、異動先は念願の企画部だった。

美菜子が人事に行くと、人事部長から「ああ、総務の江藤さんね」とまさに確認のためだけに言われ、そして淡々と、「企画だけど、勤務先は基本、青山だから」と告げられた。

「はい！　あれ？　でも……青山に企画部ってありましたっけ？」

「あるある。企画部に新しくできたオーガニック課だったか……。ホラ、青レンのモニターって募集してただろう？」

「青……レン？」

「『青山5丁目レンタル畑』。レンタル農園っていうのか？　とにかく間もなく正式に辞令出るから、詳しくは企画に行ってから聞いてみて」

人事部長は自分のうろ覚えな記憶をごまかすように、かっかっか！　と大口を開けて笑った。美菜子が断る可能性なんてこれっぽっちも考えていない。打診ではなく報告だ。

その時、ハッと思い出した。

たしかに、夏頃、表参道の路地裏にある駐車場として使っていた場所を畑として利用するので、モニターとしてレンタルしたい社員はいないかと募集していたっけ。その募集に関しては、まったく興味もなかったけれど、利用手続きの書類を作らされたのを思い出した。

「まさか……畑作業をするということですか？」

「そうそう、それそれ。野菜作り。アラサー女子に流行ってるんでしょ、そういうの。ほら、農業女子《ノケジョ》ってのも流行ってるんじゃないっけ？」

「いや……それは……」

「君もアラサーだし、ターゲットど真ん中だよね」

そう言われて、美菜子は黙り込んだ。

新設のオーガニック課はただ一人。言うまでもなく実験的な課だということだ。

人事部を出た美菜子は人通りのない、しんとした廊下にしゃがみ込んだ。

なんでこんなことになっちゃったんだろう。

やっぱり結婚をしてしまえばよかったのかも。

できもしないのに、仕事で成功したいなんて欲を出したからだ。勝手に思い上がって、仕事を選んだりしたからバチが当たったんだ、きっと。

美菜子には二十六歳の時から二年付き合った雅大《まさひろ》という彼がいた。雅大は小さな広告制作会社に勤めていて、チラシやフリーペーパーなどを作っている。

二十五歳を過ぎた頃、周囲では一回目の結婚式ピークがやってきた。「コトブキ貧乏だ～」

と言いながら、招待されるがままに出席していた結婚式で、二度も彼に出会った。「これは運命かもね」などと半ば冗談で盛り上がって、飲みに行くようになったら意外と気が合って、いわゆるそういう関係になるのに時間はかからなかった。

彼も美菜子も気持ちは結婚に向かっていたというのもあり、付き合い始めて三カ月後には一緒に住むようになった。家事もある程度できて、何かとマメな雅大と、このまま結婚するんだろうなと漠然と思っていた。

でも、美菜子より彼の方が、さらに結婚願望が強かったらしく、「結婚したら、アレをしようコレをしよう」みたいな話を繰り広げるのはいつも雅大だった。

二十七歳の誕生日にプロポーズされた。予想はしていた。でも、「まだ考えられないんだよね」と美菜子はあっさり断ってしまった。二十八歳になった時も、「さすがにもういいよね」と言われたのだけれど、彼は「結婚したら家庭に入ってほしい」ということを口にしていたから、「少し考えさせて」と言ったまま、ずるずると同棲生活を続けてしまっていた。

すでに一緒に住んでいるんだし、紙切れ一枚で何が変わるとも思えなかった。

そしたら、浮気された。問い詰めたら、「浮気じゃなくて、本気なんだ、彼女のこと。別にいいよね？　だって、美菜子はまだ仕事の方が大切なんだよね？」とあっけらかんと言われた。その時は美菜子自身、まだ「企画部への異動」という夢も持っていたのだ。それに、

「女は三十代からが本番」なんていう言葉を先輩から聞きかじっていたこともあって、すんなり「いいよ。好きにすれば」と言ってしまった。

その時の雅大の傷ついた顔は今でも忘れられない。強気に出たら、美菜子が「ごめんなさい」と泣きつくと思っていたのだろう。でも、その時の美菜子は、「浮気したのはそっちじゃん」と憤り、彼に対して、弱く、頼りがいがないと思ってしまった。そのすべては自分の思い上がりだったのだけれど。

「あー、ぐちゃぐちゃ言っててもしょうがない」

美菜子は自分のしぼんでしまった気持ちを奮い立たせるかのように、えいっと声を出して立ち上がった。

＊

年が明け、正式に企画部オーガニック課に配属になった。

株式会社パーフェクトヘルスとして、食卓をカラフルな野菜で飾る「食卓レインボー化計画」を打ち立てた港区役所と共同で、一般向けに畑を貸し出すことになったのだ。青山5丁目レンタル畑、通称「青レン」はその第一号になるというわけだ。

美菜子は、その企画管理をすることになるらしい。今後できるレンタル畑のモデルケースにもなることを考えると、抜擢といってもいいのかと少しだけうぬぼれてしまう。想像していたキャリアアップとはだいぶ違うけれど。

たしかに、勤務地は青山の畑。絵本に出てきそうな丸太小屋と、区画に分けられたそれぞれの中に、土がこんもりとしているだけの土地だ。都会のど真ん中には、かなり不釣り合いな感じがするのは否めない。

でも。

意外なことに気分はそう悪くはなかった。

柔らかな日差しが降り注ぐ中、美菜子は空を見上げて、大きく深呼吸をした。少し冷たいけれど、新鮮な空気が身体じゅうに広がる。こうしていると、ここが東京のど真ん中の青山であることを忘れてしまいそうになる。

もう本当に春がそこまで来ているのだ。いや、私の春は遠いけれど。でも、こんなに自然を近くに感じられるなら、悪くないのかも。うん、そう思おう。思わなければくじけそうになる。

「あの、ぼうっとつっ立ってないで、仕事してもらえます？　陽が暮れちゃうんで」

しーん。

美菜子が前向きに立ち上がろうとしたせっかくの気持ちを遮ったのは、河田慎一郎だ。区役所の緑化技術担当者ということらしい。それ以上のことは何も知らない。先日、この青レンを彼と共に取り仕切ることになったという報告を受け、挨拶を交わしただけだ。

すらっと背が高いからオーバーオールが意外とよく似合って、後ろ姿だけは見栄えがするのだけれど、無表情に淡々としゃべる感じが好きじゃない。それに、黒ブチの四角いメガネが神経質そうだし、負のオーラも見え隠れする。三十三歳だと聞いているけれど、きっと独身だろうし、彼女だっていないに違いない。もうちょっとノリがいいとかだったら、テンションもアップしたのに。チャラチャラしすぎる男も苦手だけど、無愛想よりはましだ。

美菜子は河田に返事もせず、傍らに置いた鍬《くわ》を手に取り、見よう見まねで土を耕していった。すでに業者が野菜用の土を運んできているので、区画分けされたその土をふかふかに柔らかくするのが、今の美菜子の仕事だ。庭のプランターで家庭菜園をするよりも少し大きめの畑を借りたいという人たちのために、種を植えるばかりの状態にしておくのだ。ただ、土そのものや、土の耕し方などからこだわりたいという人もいるので、その部分は残しておく。

一応、美菜子は、青レンの人集めなどの宣伝、運営をしながら、新規会員募集はもちろんのこと、イベントの企画など、とにかくこの農園をうまく回していくためのすべてを請け負うことになっている。

もともと、存在しなかった部署でもあるし、誰かの実績を踏襲《とうしゅう》するわけでもない。ある意味、自由なのだ。逆に言えば、これからすべてを決めていかなければならないのだ、この無愛想なオトコと。

都心にある畑など誰が借りるのだろうと思っていたけれど、いろいろ調べてみると、意外と人気があるらしい。しかも、会社をリタイアしたような中高年ばかりかと思ったらそうではなく、家族連れや女子のグループ、シングルの人まで様々だった。ノケジョブーム、恐るべし。

畑を貸し出すという市民農園や民間のレンタル畑はここ十五年で三倍以上に増えたらしい。近年はさらに申し込みが殺到し、応募倍率が四〜五倍になるところも少なくないという。青レンも、青山という恵まれた立地なのに、区が主催しているので、料金は安価に設定されている。土日にわざわざ畑のために都心に出てくる人なんていないだろうという予想に反して、実は、普段、会社に行く前にも覗けるし、休日出勤を兼ねて面倒を見られる。そう考えると楽しそうだし、もちろん家族連れにとってもちょっとしたレジャーになる。だから、都心の畑もありなのだろう。

「きゃあっ！」

まだ冬なのに、うっすらにじんだ汗を拭こうとしたら、手の甲に得体のしれない虫が止まっていた!

慌てて手をぶんぶん振り回していると、冷ややかな表情の河田と目が合った。

「む、虫が……」

「当たり前じゃないですか。畑なんですから」

河田はぼそっとそう言うと向き直り、また土を耕し始めた。

くっそー。

最悪最悪最悪。

前言撤回。

そもそもまったく農業と関係のない業種にいながら、異動先が「畑」なんていう人、この世の中に何人いるんだろう。

虫は昔から嫌いだし、泥くさいことも好きではない。

古いと言われようとダサいと言われようと、スーツをパリッと着こなし、颯爽《さっそう》とプレゼンなんかをこなす丸の内のキャリアウーマンになりたかったのに。

それが……それが軍手にエプロン、麦わら帽子に長靴なんて信じられない……。畑にいるとヘレンカミンスキーの帽子をかぶろうが、ハンターの長靴を履こうが、全然おしゃれに見えないから不思議だ。

そこから小一時間、夕焼けに照らされながら畑を耕していたら、あっという間に陽が落ちた。そうなると、本当に真っ暗になって、管理人用の小さな丸太小屋のあかりだけが寂しくともっている。通りを一本経て大通りに出れば、キラキラした都心そのものの景色が広がっているのに、ここだけ異空間だ。

「あの……おつかれさまでした。それにしても、大変ですよね～。土耕すのってけっこう重労働っていうか。でも、レインボー化計画っていいですね。なんかイメージが明るくて」

美菜子がかなり譲歩して、思いっきり愛想よく話しかけたのに、河田は返事もせずに、荷物の整理を続けている。

「じゃあ、今日は失礼――」

言いかけた時、目の前にどさりと本の束を積まれた。十冊はあるだろうか。河田とセットでその存在感というか、圧がすごい。

「これ、全部、頭に入れてきてください」

「は？　え、だってこれ……こんなにいっぱいムリっていうか……っていつまで？」

「なるはやで。まあ遅くても今週中ですかね」

「はあ？　今日、木曜日じゃないですか。一日何冊も読めないでしょ、普通」

「いや、人集めにしても、開園式をやるにしても、まず、いろんなことを知らないと話にならないんで。どれほどこの青レンに来る皆さんが農業とか畑のことに詳しいかはわからないですけど、土の耕し方とか春野菜の種の蒔き方とか、栽培方法とか聞かれた時にどうするんですか。今みたいに『わかりませーん。大変ですよね、畑って〜』とか言うんですか」

河田は、美菜子のセリフのところだけ、わざわざくねくねしながら声色を真似た。

「ていうか、声変えなくていいですけど」

けれど、彼の言うことはいちいちもっともで、何も言い返せなかった。

「では。戸締りお願いします」

「あ……おつかれさまでした」

美菜子はそう言って、オーバーオールを着たまま帰っていく河田の後ろ姿を見送った。

＊

「美菜子って、ホント、タイミング悪くない？」

同期入社の宮内良美が、とろーりチーズをからませたナスをくわえながら言った。

同期といっても、正確に言えば、「元・同期」になる。十人ほどいた同期の女子は、美菜子以外、全員辞めてしまった。そういえば、一度結婚退職して、バツイチになって、カムバックしてきた由香という強者もいるけれど、新卒で入ってそのまま働き続けているのは、美菜子だけだ。

その美菜子があまりにもグチメールを送るものだから、「なんなら、がっつり聞いてあげる」と、最近できたという自由が丘のチーズフォンデュの店に連れてきてくれた。表参道好きの良美が青山のお店を選ばなかったのは、彼女なりの配慮だろう。

良美は入社して三年目に、いきなり「仕事がつまらない」と言って、彫金の学校に通い始めた。それから、あっという間に技術を習得し、ジュエリーデザインの仕事を見つけてきて辞めてしまった。「転職したって、美菜子と私の仲は変わらないからね」と言ってくれたとおり、ちょこちょこごはんを食べたり、買い物に行ったりと定期的に会い続けている。それもこれも、お互いに独身だからだろう。

「で？　その一緒にやる彼はどうなの？　イケメン？」

良美がおもしろそうに突っ込んでくる前で、美菜子は「一般的にはイケメンかもしれないけど、なんかいけすかない男なの。ぶつぶつぶつぶつ、細かいこと言うしさ。あー、異動願なんて出さなきゃよかったよ」と頭を抱えた。

「でも、イケメンならよくない？　一緒にいるだけでも楽しいでしょ？　もしかしたら彼に永久就職なんてことになるかもよ」

「ないないないない。あんな無愛想オトコ……」

美菜子はそこまで言って、ハッと顔を上げた。

「ねえ、知ってた？　うちの会社ってガッチガチで希望が通らないことで有名なんだって。私、一応、希望どおり企画部に行けちゃったじゃない？　あれ、まぐれらしいんだよね」

「は？」

「え？」

「っていうか、六年もいて気づかなかったわけ？　私、そのことに気づいたから会社辞めたんだけど」

「ええっ、そうなの？　言ってくれなかったじゃん！」

「だって美菜子、『いつか絶対に企画に行く！』ってやる気マンマンだったし、気をそいだら申し訳ないかなって……」

たしかに当時、それを教えてもらったからといって、自分が何か行動を起こしていたかどうかはわからない。その頃は、本当にいずれ企画に行くのだと燃えていたから、「会社の体制そのものを変えてやる！」なんて息巻いていたかもしれない。

以前のことを考えると、やはり後悔の念ばかりが浮かんでくる。

雅大との結婚、本気で考えればよかったかな。今なら、どちらかを選ぶのではなくて、結婚も仕事も、余裕で両立できた気がする。

なんでだろ、後ろは振り向かない主義だったのに。

「あー、また『雅大くんと結婚すればよかった』とか思ってるんでしょ」

「そそそそんなことないけど。あちっ」

図星だ。焦りすぎて、ぐつぐつのチーズから上げたばかりのプチトマトをほおばったら、口の中にぶちゅっと熱い汁が出た。

「まぁ、気持ちはわかるけど。いい人だったしね。でもさ」

良美はそこまで言って、ビールをぐびっと飲んだ。

「辞めた私が言うのもなんだけど。なんか、ものづくりって悪くないと思うんだよね」

ものづくり。

この言葉は美菜子の胸にすっと入ってきた。さっきから、良美の耳についた流線形のビーズのピアスが素敵だなと思っていた。美菜子の誕生日などにも、「試作品で悪いけど」と言いながら、ピアスやネックレスをプレゼントしてくれる。全然悪くなんてない。試作品というのは、ある意味、良美のオリジナルだ。それをうらやましいと心のどこかで思ってきた。

そうだ。私はものづくりがしたくて、健康器具会社に入りたいと思ったのだ。

みんなが健康を維持できて、元気になって、笑顔あふれるような商品を作り出すこと――

だから、企画部にも行きたいと思っていた。

美菜子が高校生の頃、祖母が使っていた血圧計にも、それからサッカーで怪我をした弟がリハビリをしていたスポーツ用の手すりにも、すべて「パーフェクトヘルス」のロゴが躍っていた。その時、ハッキリと自覚したのだ。こういう、人を元気づける仕事がしたいと。

「作るものは違うかもしれないけど、野菜も同じじっていう気がしなくもないんじゃないかなー、なんて」

はっきりと主張するタイプの良美が、そんな遠まわしな言い方をした。

たしかにそうかもしれない。

アイツは気に食わないけど、野菜作りには魅力がありそうだ。

ちょっと真面目に考えてみてもいいかも。

美菜子は今までまったく気にも留めなかったブロッコリーをじっくり見てから、濃厚なチーズをからめて食べた。

週明けになり、「お話があります」と勢い込んで現在の企画部の上司である小井戸の目の前に立ったとたん、「却下」と言われてしまった。元ラガーマンだという小井戸は、声が大きく響く。

「あの、私まだ何も……」

「どうせ、『農園の管理人なんてできませーん』とか、『こんなことするために企画部を希望したんじゃありませーん』とかそういうことだろ?」

たしかにその気持ちがあったことは否定できないけれど、そんなふうに見られていたのかとそっちの方が、ショックが大きい。かろうじて「私、そんなに語尾伸ばしませんけど……」

とりあえず今は頑張るつもりでいます」と弱々しくしか言えなかった。

「納得いかないなら辞めるしかない。それが会社ってもんだぞ」

最近太り気味だと嘆いている小井戸は、その身体とはおよそ不釣り合いな小さなタオルで汗を拭いた。

「わかりました。失礼します」

美菜子はふらふらと、小井戸の机を離れ、自分の席に戻った。

自分の席といっても、企画部の隅に「オーガニック課」の場所がおなぐさみ程度に作られ、パソコンがポツリと置いてあるだけだ。最低、週に一度はこの本社に来て、報告書を提出しなければならず、月に一度は部署の会議にも参加しなければならない。一人だけ皆とは違う動きをするので居場所がなく、さらに周りの人との距離ができてしまう気がする。でも、もう、やるしかないことはわかっているし、やってみようとも少しは思い始めているのに、何か釈然としない。時計を見ると、まだ十一時を少し過ぎたばかりだった。

はぁ。早いけど、ランチでも行くかな……。

ランチもずっと一人。気ままに行けるといえばそうだけれど、話し相手がいないというのはちょっと寂しい。しかし、腹が減ってはいくさができぬ！　とばかりに、美菜子は勢いよく立ち上がった。

廊下に出ると、以前、美菜子が所属していた総務部の上司、水沢が通りかかった。

「なんだ、シケた顔して。念願の企画部になったんだろう？　初のオーガニック課！」

「どうしてそういうことを言うんですか。わかってるくせに」

長く部下でいた気安さから、ふくれてみせる。こういう態度が、世の中をなめてるというようにみなされてしまうのだろうか。それにしても、やはり水沢にまでヤル気がないと思われていたとは。

「まぁ、大変なのはわかるけどさ、どっちにしても何もやらずにってのは無理だろう。会社なんてもんはさ、『私はこれをやり遂げたから、次にこれができる！』ってのを主張していかないと。もし、そういうバイタリティがあれば、だけどさ。ここでずっと働き続けるつもりがないなら、あえてやる必要もないと思うけど」

「はぁ」

水沢の言っていることはわからなくもない。ずっとこの会社で仕事に生きるつもりなら、それなりのことをした方がいいということだ。しかし、結婚までの腰掛けのつもりなら、わざわざそんな面倒なことはすべきではない、と。私はいったいどっちなのだろう。

自分なりに水沢の言葉を咀嚼《そしゃく》してみたら、何かが心の中に落ちてきた気がした。良美に言われた「ものづくり」という言葉がよみがえる。彼との結婚をやめてまで選んだ仕事だ。ならばやるしかないのではないか。

レンタル畑の管理なんてどうなるのか、まったく先は見えないけれど。

「一月中には青レン開園式まつりの計画書を役所に出さなきゃいけないんで、ミーティングしたいんですけど」

本社を出て青山5丁目レンタル畑に到着したとたん、着替える前に河田から唐突に言われた。上から目線とつっけんどんな言い方にピキリとくる。

この微妙な空気感。やっぱりこのオトコとはやっていけそうにない……。

「どうぞ。今で」

ついい、こちらもツンと返してしまう。

「えっ？　準備できてるんですか？　この仕事、どういうものかわかってます？」

河田は眉根を寄せた。

「わかってるつもりですけど」

出鼻をくじかれた気がして、ちょっと挑発的に返してみた。そのことが意外だったのか、少しだけ河田がこちらに顔を向けたのがわかる。

「先週渡した本、全部読みました？」

「それは……ちょっといろいろ忙しくて」

しまったという思いで口ごもると、河田のメガネの奥がギラリと光ったように見えた。

「やっぱりね。知識もなしに、ここに来るだけで仕事してる気になるの、止めましょうよ。人として、社会人としてやるべきことはやらないと」

河田のすべてを悟ったような、冷めた言い方に腹が立った。

「お言葉ですけど、ただ畑の知識があればいいってものでもないですよね。それに、河田さんに『人として』とか言われたくないです。じゃあ聞きますけど、お客さんがなんでわざわざ青レンを選ぶかわかります？　うちの会社がなんで都会に畑を作ろうと思ったかわかってますか？」

「まずは土地活用じゃないですか。それに、区の食卓レインボー化計画に乗っかれたらイメージもいいでしょうし」

「それだけじゃないと思います！」

「『思います』って、ずいぶん曖昧だな」

河田のつぶやきが、神経を逆なでする。思わず顔を向けると、「いや」と河田が目をそらした。

「お客さんのためなんです。お客さんのニーズに応えてるんです！」

思いがけない大きな声に河田は一瞬ひいたようだが、ふふっと口先だけで笑って言った。

「なら、そういうニーズを持った方々を集めて、さらに、その人たちに喜んでもらえるような開園式まつりの企画、考えてもらえます？　僕にはまったくわからないんで」

河田は嫌味の一つも忘れない。

「も、もちろんです。でも、あなたも偉そうにしてるだけじゃなくて、ちゃんと考えてきてくださいね」

売り言葉に買い言葉でイライラする。美菜子は河田の顔も見ずに、その場をあとにした。

引き寄せの法則。いつも考えていたり、口に出したりしていると、自分に必要なものが向こうから近づいてくるというものだ。

＊

「っていうか、どういうこと？　これ」

美菜子は良美に囁《ささや》いた。

今日は「どうしてもついてきてほしい」と良美に泣きつかれ、お台場までアウトドアの鍋コンにやってきている。暖かい日が増えたとはいえ、まだ一月で、動いていても寒くてたまらないぐらいなのに、なぜ見知らぬ人と寒空の下で、ビールで乾杯をしなければいけないのかと文句を言いたくなった。合コンなのにアウトドアだというから、服装だって困った。結局、春っぽいパステルイエローのニットにショートパンツ、ロングブーツを合わせてショートダウンを羽織ってきた。周りを見回しても、やっぱりみんな短めのスカートをはいたり、ショートパンツをはいたりしている。誰だかが「おしゃれは我慢」だと言っていたっけ。まさにそれを地でいく感じだった。

「だって、チャンスは一回でも逃したくないじゃない？」

「何言ってんの。結婚なんて考えてないでしょ？」

「結婚はまだしたくないけど、恋はしたいの。……なーんて言ってられない歳だってわかってるんだけどね。ホラ、美菜子もお気に入りの人見つけて」

しれっと良美は言っているけれど、絶対、何か魂胆があったと思う。だって、この鍋コンは白菜や大根の収穫体験つきだったのだから。

このお台場にも数年前からレンタル農園があるらしく、収穫を兼ねて、様々なイベントをやっているらしい。今日はその企画の一つで鍋コンをするということだ。きっと夏にはバーベキューなどが予定されているのだろう。

「お気に入りの人見つけてじゃないでしょ？　今、そんな気分じゃ――」

「ねーねー、一月に野菜が収穫できるなんて知らなかったよね？……わっ、あの人たちカッコよくない？　話しかけてみようよ」

美菜子がコメントする間もなく声を潜めて早口でまくしたてると、良美は美菜子の腕をひっぱった。ターゲットにしたのは、ダウンジャケットで体型がすっぽり隠れていても、常に鍛えているだろうなとわかる二人組だ。彼女は細マッチョ系ながら、ガンガンくるタイプ――ちょっと前の表現で言うと、ロールキャベツタイプの人が好きなのだ。

「ご一緒させていただいてもいいですか？」

近づいていって声をかけると、「もちろん!」とその二人組——小野孝志と松岡透は笑顔を見せた。良美が目をつけたとおり、彼らは快活で、さりげなく気を遣い、適度にツッコミを入れてくれ、あらかじめ台本が用意されていたのではないかというように、スムースに会話が弾んだ。

年齢がジャスト三十歳というところも申し分なく、良美は特に小野孝志を気に入ったようだ。美菜子も彼らに悪い印象は持たなかったのだけれど——、ただ一つ、小野も松岡も農学部出身だとかで、やたらと野菜に詳しいところが引っかかった。いや、詳しいどころか農業そのものだけでなく、バイオなんとかとか農薬、土のことまでいろいろと知っていた。

多分、小野たちには専門知識を披露しているとか自慢するなどという意識はこれっぽっちもなかったのだろうが、その特異、いや、得意な知識をポンポン会話に入れ込んでくる感じが河田慎一郎を彷彿《ほうふつ》させ、美菜子はゲンナリした。だから、それ以上、接近する気を失ってしまったのだ。それ以降、美菜子は彼らが恋愛相手としてふさわしいかを吟味せず、スタッフの動きばかり観察していた。

彼氏はゲットできなかったけれど、レンタル畑と開園式まつりに関するヒントはたくさんもらった。

友よ、ありがとう。

帰ってからすぐ、「河田をギャフンと言わせてやる」という思いで必死になって書いた企画書を、翌日彼に渡したら、ヤツが顔色一つ変えずに「へええ、それなりにできてるじゃないですか」と上から目線で言ったのにはムカついたけれど、自分の成果物を認めてもらったことについては悪い気はしなかった。

ってていうか、なんで私が評価してもらうみたいな立場になってるの？　と一瞬プチッときかけたけれど、今は純粋に「野菜を育ててみたい」という人を集めて、まずは三月の開園式まつりを成功させたいという気になっていた。

【真由】

ビゼーの「アルルの女」第二組曲の「メヌエット」が鳴った。

自宅の電話の着信音だ。プルルルルとかリリリリンという電子音が嫌なので、曲に設定している。といっても、別に気に入っているわけでなく、電話機にデフォルトで入っていただけだ。

この自宅電話にかけてくる人物は一人しかいない。

それがわかっていたから、アサリの味噌汁を優先した。ちょうど沸騰直前に火を止められてよかった。多分、味噌の風味も旨みもちょうどいいと思う。

　そうこうしている間に、電話が鳴りやんだ。今のうちだ。おいしい状態の時に食べてしまおう。

　寝かせた玄米と味噌汁、鮭のちゃんちゃん焼き、めかぶサラダの小鉢を並べ、小さな一人用の食卓につく。行儀が悪いけれど、テレビをつけた。リズム芸や物まねばかりのお笑い芸人に興味はないけど、音のない生活は一人暮らしには寂しすぎる。かといって、恋愛ドラマを観ていてもキュンキュンしないから、画面の向こうで適度にバカ騒ぎをしているのがいい。

　あ、玄米、うまくモチモチになったと咀嚼していたら、また電話が鳴った。大きくため息をつく。

　仕方がない。無視し続けるのも、それはそれでストレスが溜まるのだ。

「もしもし」

「なんだ、帰ってたの？　だったら早く出なさいよ」

　居丈高《いたけだか》な声が耳に刺さってくる。思わず受話器を耳から離した。

「今、帰ってきたんだけど……」

「あら、遅かったじゃない、デート？　仕事？」

た。

「別に」とため息まじりに言うと、受話器の向こうから、もっと大きなため息が聞こえてきた。

「ホント、あなたはすべてが中途半端なんだから」


短大を出て、青山にある冷凍物流会社の事務員として採用され、三年目になる。

二十三歳にもなれば、周りの友達はちらほら結婚をしたり、子どもが生まれたりしている。結婚式のたびに万札がひらひら出ていって……、こういうのを「コトブキ貧乏」っていうんだろうと実感する年頃だ。

でも。今、彼氏はいない。

いや、見栄を張っちゃった。実は今まで誰とも付き合ったことがない。

だからって、好きな人がいなかったわけではない。

といっても、別に「ずっと同じ人に片思いしてます」というような純愛を貫いているわけでもない。成長するごとに、その時々で「いいな」と思う人がいただけだ。特に、告白したり、ちょっと視線を送ってみたり、話しかけたりすることもない。思わせぶりな態度をとるとか、かけひきなんてとんでもないというくらいのオクテだと思う。

ただ、もうオクテというには遅い年齢だけど。

でも、そんな真由を好きだと言ってくれる人もかつてはいた。

それは高校の時の隣のクラスの男の子だ。それから、短大に入って友達に引きずられ、初めて参加した合コンで出会った男の子。二人ともとても快活で、きっとクラスの人気者でもあって、自分に自信があって、ガンガン攻めてくるタイプだった。「俺についてこい」タイプというのは全然いいのだけれど、実は、積極的すぎると、真由自身がそれに従えないところがある。「ついてこい」と言われると、命令されていると感じ、一気にトーンダウンしてしまうからだ。

「真由は色白だし、髪が長くておとなしそうに見えるから、自分の自由にできるとか思ったんじゃない？　理想の彼女にする、みたいな」

仲のいい友達は口を揃えて言った。

たしかにそうかもしれない。いまだかつてショートカットにはしたことがない。短めにしたこともあるけれど、中学校の校則もパスするような長さのおかっぱどまりだ。服装も原色系ではなく、パステルか、グレーやベージュのベーシックなもの。ジーンズよりは、膝丈のスカートという感じでずっと過ごしてきた。だからなのか、小さい頃から「真面目」「従順」「自己主張しない」と周りから評価されてきた。

そうなったのは、多分、母親の影響だと思う。母はとてもバイタリティがあって、自己主張の強い人だ——よく言えば。

下着の訪問販売で売り上げ一位を続け、店長候補にもなった。小学校の時、PTA会長にも推薦され、三年間会長を務め上げた。それは家でも同じで、実直に働く父や真由を「あなたたちが生きやすいように」と采配をふるい、家庭を切り盛りしていった。

でも一方で、生きる力がありすぎて、正直なところ、圧迫感がある。そんな母が周りに与えてしまう印象や影響を肌で感じとってしまうのがイヤで、逆に、控えめに控えめに生きてきたように思う。それに、希望したところで、どうせ母に認めてはもらえないのだ。諦めグセがついてしまうのは、当然だと自分のことながら思う。

＊

「北原さんってさぁ、お昼ウォーキングしてるの？　ダイエット？　あー、でも、痩せてるからそれはないわね」

昼休みを終えて席に戻ると、同じ営業事務の部署にいる横溝洋子に話しかけられ、勝手に納得された。彼女は結婚していてお子さんもいる派遣社員だ。真由が入社した時にはすでに働いていて、指導担当でもないのに、あれこれ世話を焼いて——もとい、面倒を見てくれた。

ハッキリした年齢はわからないけど、見た目は昔のマンガやドラマに出てくるような、いかにもおばちゃん体型。お子さんも大学生だというし、もう五十歳近いか、すでに超えているかという話も聞く。多分、見た目どおりなのだろうなと想像できる。

彼女は時短勤務だからと、いつもお弁当を作ってきていて、ちょこちょこっと五分ぐらいで食べ終える。そして、「休憩一時間分の時給をひかれないからね〜」と涼しい顔をしている。そのパキパキした時間の使い方というか、何にもめげず、自分の思いを主張する姿勢が少しだけ母を連想させるので、あまり得意ではなく、付き合い方を考えてしまう。女性はこういう年齢になると、こんなふうになってしまうものなのだろうか。

「別に、ダイエット目的じゃないですよ」

「やっぱりね」

洋子はそう言って、真由の頭から足の先までじろじろ見て、続けた。

「でも、いつもまっすぐ前を向いて歩いてるじゃない。窓から見えるのよ」

「あー、じゃあ、友達と待ち合わせた時ですかね。お昼休み限られてるから時間なくて」

そんなふうに歩いているつもりはなかったし、待ち合わせの予定なども実際はなかったのだけど、とっさに思いついた言い訳にしては我ながらよかったと思う。社交的で友達といるのが楽しいというようなイマドキＯＬを演じられただろうか。

「そうよねー。社員さんのお昼休みが四十五分って少ないと思う。だって、四十五分じゃ外食したらギリギリでしょう？　派遣社員は六十分とっていいけど、その分の時給がひかれるでしょう？　それもおかしいわよね。なんだかシャクだし。そうだわかった！　もし今度外食してて、料理が出てくるのとか遅かったら、私に連絡してくれればいいわよ。私の力でどうにかごまかしてあげるから」

言われても曖昧に笑みを浮かべるしかない。洋子はすっかり会社のお昼休みの時間の話に気をとられていた。やっぱりどこか母に似ている。すべて主導権をとるというか、自分が話の中心になろうとするあたりが。

本当に、ただただ、ぷらぷらと散歩をしているだけだ。ランチを軽く済ませ、青山の街を散歩しながら、小説に出てきた通りを探索したり、新しくできた話題のお店のウィンドウショッピングをしたりするのが好きだ。この前は初めての路地に入ってみたら、畑らしいだだっぴろい土地が広がっているのを見つけた。都会的な青山で、そこは異空間に見えた。いまだに街の雰囲気になじめない自分のように。

もう二十三歳。

「まだ二十三歳」と周りの人は言うけれど、いいかげん自立しなければとは思っている。たしかに一人暮らしをしているし、生活だって楽ではないけれど、自分の働いたお金で暮らしてはいる。

そういう物理的なことではなくて、精神的な話だ。何か行動しようとする時は、まだ母の顔がちらついてしまう。

ずっとそうだった。

今まで唯一、母親に自分の意見を通そうとしたのは、「東京の短大に行きたい」ということだった。それだって、千葉県の南端に住んでいる自分にとっては、とってもとっても勇気を必要としたのだ。母から「東京の短大まで頑張れば通えない距離ではないし、一人暮らしをしたらお金がかかる」と言われてしまうのはわかっていたからだ。

打診してみたら、やはり「通えばいいじゃない」と当然のことのように言われたので、「往復四～五時間もかかるようでは勉強に差し支える」とごり押ししてみた。口答えするような発言は初めてだったし、本意ではなかったけれど、家に縛り付けられるよりはよっぽどよかった。すると、数日後、何かを計算したのか、誰かに入れ知恵されたのか、「どうせ東京に出るなら四大に行きなさい」と言うようになり、今の女性は四大ぐらい出てなきゃねと、ころっと態度を変えた。

遠回しには東京に出ることを認めてもらえたようだが、四大に行くという限定でだ。急に言われても、別にやりたいことがあるわけではない。

ただ、家を出て、母から離れたかっただけなのだから。

しかし、それをぶつけたところで、もちろん母が短大受験を納得するわけもなく、結局、いくつか名の知れた四年制大学を受けざるを得なくなった。

結果、全滅。当たり前だ。四大用の試験の準備など何もしていなかったのだから。

母親にはいろいろ恨み言を言われたけれど、それよりも女の子が浪人するという方が、世間体が悪いという気持ちが働いたらしい。最終的には合格した短大への入学を認めてくれた。

けれど、願いがかなったと思ったのもつかの間のことだった。

一人暮らしをする部屋も、家具も、家電も何もかも母が「これがいいんじゃない？」と選んでいったから、真由がこうしたいなどとは当然言える雰囲気ではなかった。でも、これさえしのげば一人暮らしができるという一心で我慢した。

実家を出てから少し母との関係は変わるかと思ったけれど、しょっちゅう電話がかかってくるので、完全な解放感があるわけではない。それでも、親にいろいろ言われず友達を泊めたりできることは嬉しかった。

短大時代、よく家に来たのは美咲だ。

短大の付属校で育ち、自由で思ったことをずばずば口にするから、たまに心がズキッと痛むことはあるけれど、美咲の快活さからか、天真爛漫な言い方にイヤミな印象はまったくない。むしろ、「そういう考え方もあるのか！」と新鮮な気分になる。美咲の方も同じように思ってくれていたらしく、いつも自然に一緒にいた。「正反対だから、合うのかもね」と周りの友達からはずっと言われてきた。

「真由は殻に閉じこもりすぎなんだよ。もっと自由でいいんじゃない？」

美咲に言われると、たしかにそうかもしれないと思う。

彼女は「とにかく出逢いの場を広げる」といって、合コンなどに積極的に参加するけれど、真由は初対面の人も苦手だし、いかにも出逢うために設定された場というのがあまり好きではない。

それを告げると、美咲は「じゃあ習い事！」とこれぞという感じで言い切った。

「よくマンガとかであるでしょ。英会話教室で一緒になった人とか、映画サークルで最初は意見が合わなかったけど、話しているうちに……みたいな？　なんか趣味ないの？」

「ない……かも」

「はぁぁ。真由はこれだからなー。ま、私みたいに広く浅くとかで、あちこち手を出さないし、慎重なんだよね。そこが誠実でうらやましくもあるんだけど」

そういう時、真由はいつも「ごめんね」というように肩をすくめる。美咲といると、つくづく、自分はいろいろなものへの興味が薄いのだと実感させられる。人より秀でるものもないし、これをやりたいというものもない。毎日、同じ仕事をして、同じ電車に乗って家に帰るだけ。

かろうじて変わるといえば毎日の夕食だ。とはいっても、一口コンロだから作れるものも限られているし、それほどレパートリーがあるわけでもない。だから、一週間も経てば同じメニューになってしまうけれど、一応、節約を考えて手作りをしている。なるべく日持ちのする食材を小分けにして料理を作るのはなかなか楽しい。今は単身者向けに野菜なども少量で売っているけれど、いかに無駄を出さないかというのも考えがいがある。

けど、二十代前半のこんな時期にそんなことをちまちまやって主婦っぽくしているなんて、我ながら地味だ。

本当は週に三回は外食、あとは友達の家に呼ばれたり呼んだり、彼氏と遊んだり、というようなこともしてみたい。そう、美咲みたいに、いわゆる「リア充」でいたいという気持ちはある。でも、それがないから時間がありあまっているのだ。だから、料理でもしないと間が持たない。

何か有意義なことをして時間を埋めたい。美咲に言われたように、習い事でもしてみようかと思い、いつもより夜更かしをして、ネットサーフィンしてみたものの全然ピンとくるものがなかった。

睡眠時間が少ないと、翌日は確実に顔がむくんでパンパンになり、地味な顔がさらに地味になってしまう。昨日、ずっとパソコンに向かっていたせいかもしれない。眠る直前までデジタル機器を見ていると、睡眠の質が良くならないという話を聞いたことがある。

朝の地下鉄の雑踏に紛れながら、真由は目を閉じて、まぶたのツボをそっと押した。目を開いたその時——目が合った。その相手はポスターに写っているトマトだった。上の方がちょっと青くて、下の部分は真っ赤でつるんとしていて、今にもはじけそうなハリがある。かじってみたい衝動にかられた。

「都心で自分の野菜を育ててみませんか」

駅に貼ってあったポスターのキャッチコピーに、珍しくときめいてしまった。

これかも……！

真由は会社に着くと、まだ始業時間ではないのを確認して、パソコンを立ち上げ、さっき覚えた「青山5丁目レンタル畑」を検索した。

予想していたとおり、まさに昼休みの散歩中に見つけたあの畑だった。

会社からも近いから帰りに立ち寄れるし、曜日が決まっている習い事と違って、融通がきく。休みの日でも「畑を見に行く」という理由があれば、「今日は何をしようか」と無理やり予定を入れたり、何もなくて落ち込んだりする必要もなくなる。それに、何かを育てると心に余裕ができるという話も聞いたことがある。

真由はほとんど発作的に、畑をレンタルしよう！　と思い立った。まずは見学会だ。もし、あとで止めたくなったらキャンセルをすればいい。

スマホでQRコードを読み取り、申し込みページを開く。名前等を入力し終えた時、ちょうど始業時間になったので、真由はいったんブラウザを閉じた。

なんだかワクワクしていた。

いつものようにパソコンに向かって業務をしていても、どこか違う。こういう気持ちがとても久しぶりで、ここのところ本当に刺激も何もない生活を送っていたのだと実感する。

早くメールチェックをしたくて、お昼になるのが待ち遠しかった。

時計が十二時を回り、横溝洋子がお弁当を取り出したのを見届けてから、真由もお弁当とスマホをバッグから取り出して、自分の机の上に置いた。

「あら、珍しいじゃない？　ここで食べるの？」

「ええ、今日はちょっとやることがあって」

「そうなの？　社員さんも大変ねー」

「いえ」

「あ、ちなみに私のこれ、お昼休みじゃなくて、ただの休憩だからね」

洋子は言い訳がましく真由にそう言うと、海苔巻きを一口で口に入れ、もぐもぐと口を動かした。しばらく静かだと思ったら、もう食べ終えたのか、歯磨きセットを持って立ち上がって行ってしまった。

ようやくスマホのメールをチェックすると「お申し込みありがとうございます」というタイトルの返信が届いていた。

見学とはいえ、一人で行くのは勇気が必要だったけれど、今後、本当に畑を借りたら自分だけで野菜を育てなければいけないのだし、周りの人との付き合いもきっとあるだろう。

未知の世界で不安はある。でも、これは今まで判断基準を持ってこなかった自分の世界を広げる第一歩だと思った。

見学には一月の終わりに行った。

畑の周囲にはレンタル農園ののぼりが立てられ、真由が散歩中に見かけた時よりも、レンタル畑らしくなっていた。

「受付はこちら」という案内を見つけ、意を決して足を踏み入れると、「見学の方ですか？」と女性ににこやかに話しかけられた。「江藤美菜子」という名札をつけている。真由に返信をくれた担当の人だったと思う。

名前を告げると、「北原さん、お待ちしておりました。江藤と申します」と名刺を渡された。少し真由よりも年上だろうか。ラフながら凜としていて、ふにゃんとした笑顔を見せるのに背筋がぴっと伸びている。それに、厚手のグレーのパーカーに濃い色のデニム、そして長靴なのに、どこかしゃれている。色使いがいいのかもしれない。

「その長靴、素敵ですね」

「えっ？」

「えと、あの、いきなり変なこと言っちゃってすみません。あ、今はレインブーツっていうんですかね」

美菜子に聞き返され、しどろもどろになってしまう。初対面の人との雑談が苦手なのに、なんで長靴の話なんて振ってしまったのだろう。

でも、美菜子は満面の笑みを見せてくれた。

「わ。ありがとうございます。畑仕事の時でもテンションアップすればいいなって思って、オレンジの長靴、選んだんです。でも、ちょっと派手じゃないですか？」

「全然、そんなことないです。なんか、テンション上がりますよね。似合ってます」

我ながらつまらない返しだと思うけれど、会話ができた嬉しさの方が先に立ってしまった。

「一緒に、野菜作り楽しめるといいですね」

そう言って美菜子はちょっとだけ笑って、「もしよかったら」とケイト・スペードのピンクの斜め掛けバッグに丸めて突っ込んであった紙を一枚引き抜いた。無造作にブランドバッグを持てるなんてかっこいいと思っていると、美菜子は声を潜めた。

「実は私、学校の授業以外で、初めて野菜、育ててみたんです。一番簡単なはつか大根ですけど。楽しみが増えましたよ。これ、どうぞ」

「ありがとうございます」

受け取ると、それは、土の耕し方から種の植え方などが書いてあるイラスト入りのマニュアルだった。本を読むよりわかりやすそうだし、手描きなだけに味がある。

「絵、ヘタなんですけどね。作ってみました」

「そんなことないです。わかりやすいです」

力いっぱいに頷いた。

「ちょっと、何回かけたと思ってるの？　今日、仕事ないんでしょ？」

家に帰り、鳴り響く電話に出たとたん、母の怒鳴り声が聞こえてきた。

まだ夕方で暗くもなっていないのに。

仕事じゃないくせに、デートでもない。彼氏もいないくせに、ぷらぷら時間とお金の無駄遣いをするな——というようないつものお説教が続く。

なんで、そんなことまでくどくど言われなければならないの？　自分にだって自由がほしい！　と思っていたら、ふつふつと黒い感情がわき起こってきた。そして思わず、「私にだって用事くらいあるんだから！」と叫んでしまった。

そんなふうに言い返したのは初めてだったかもしれない。ふと、母は言葉につまったが、すぐに気を取り直したように、「だったら、報告しなさい！」ときゃんきゃん言って、電話を切ってしまった。

もう、自分は母の所有物ではない。立派に成人しているはずなのに。


【祥子《しょうこ》】

「では、今日はここまでにしましょうか。スープ温めてきますね」

新井祥子は皆にそう言ってから、キッチンに向かい、グリーンのストウブの鍋に入った六人分のポトフを温め直す。

今日は自宅で飾り切りとキャラ弁の講座を開いてみた。基本的に声をかけるのは、子どもの幼稚園の時のママ友だけれど、最近はフェイスブックでも告知や報告をしているから、時々は見知らぬ人がメッセージをくれ、参加する。でも、今日、参加したのはママ友が三人だ。

「お待たせしました」

イッタラの深いスープカップに入れ、皆のもとへ持っていく。このカップはシンプルだから中身によって、表情をいろいろに変化させられるところが気に入っている。歩くたびに揺れるグレーのロングスカートを見て、ふと、もう少し明るい色でもよかったかしらと思う。でも、エプロンをビタミンカラーにしておいたから、コーディネートとしては悪くないかも。

「祥子さん、すっかりサロネーゼね」

長男の颯真《そうま》の幼稚園時代の友達、海斗《かいと》のママ・まどかが言うと、周りの皆も「おうちも素敵だし」「今日のエプロンも似合ってる」など口々に祥子をほめてくれた。

一つ一つのカップに粒マスタードを落とすたび、歓声が上がる。

「そんなことないのよ。皆に、私の趣味に付き合ってもらっちゃって……かえって申し訳ないみたい」

そう言って微笑んだ。

およそ月に一度、数人の友達を招き、お料理を一緒に作ったり、パンフラワーやビーズアクセサリーの作り方を教えたりしている。そのあとに皆で持ち寄った料理でランチをするのが祥子自身、楽しい。

自分ではただ家に招いている気分なのだけれど、皆が「申し訳ない」と恐縮するので材料費だけはいただくことにしている。

「ねえねえ、今度は、ガーデニング教えてもらえないかしら？　姑《しゅうとめ》にいつも『殺風景な庭ね。そんなんじゃ、子どもの情操教育にもよくないわよ』ってちくちく言われちゃって」

まどかがおっとりと言った。彼女はストレートロングの髪をバナナクリップでゆるく束ねていて、それがとても優雅に見える。いつもアイロンがけが必要そうなブラウスなどを身に着けているのに、しわもない。基本がとてもきちんとしているのだろう。子どもに声を上げたところも見たことがないから、緑を取り入れなくても、子どもの情緒は安定してそうだけれど。

「私、ガーデニングの勉強はしてないの。お庭も全部自己流で……」

祥子が正直にそう言うと、「だからいいんじゃない！」とやっぱり颯真が幼稚園の時に同じクラスだったみうのママ・幸恵《ゆきえ》が言った。彼女は「素人《しろうと》だからこそ、一般の人に近いため、とっつきやすい」といつも言ってくれる。結婚前は印刷会社でバリバリ働いていたと聞いたことがある。今も、働いてこそいないけれど、ショートカットで、パンツ姿が似合っていて、とてもアクティブな印象がある。

「じゃあ、考えとくね。私も勉強しなきゃ」

祥子はあえて元気な笑みを浮かべて、皆に言った。

ランチを終え、お茶をしていると、夫の幸治がリビングに姿を見せた。

「やだ、どうしたの？」

思いがけないことに駆け寄って小声で聞くと、「明日から急な出張になったからさ」と幸治は言い、「いらっしゃい」と皆に笑顔を向け挨拶をした。

夫は自分の笑顔が人にいい印象を与えることを知っている。レジャー施設の運営管理会社に勤め、下積みを経て、希望どおりのコンサルティング部門に配属された。そんな今の地位までのしあがってきた経験と自信から来ているのだろう。

「すみません、お邪魔してます。いつも祥子さんにはいろいろ教えていただいていて」

幸恵が立ち上がると、ほかの皆もそれに倣って、小さく会釈《えしゃく》している。「じゃあ、私たちはこれで」といきなり片付けを始めようとするのを、「まだ大丈夫よ」と祥子は止めた。

幸治は「こちらこそ。いつもお付き合いいただいてありがとうございます」と皆に言ってから、「俺、着替えてくるから。これ、おみやげ。皆さんで」と有名店の焼き菓子の紙袋を祥子に渡した。この焼き菓子はデパ地下に並んでいるわけではなく、住宅街にポツンとある小さなケーキ屋さんで売っている。ターミナル駅でもないし、ショッピングモールがあるわけでもないから、わざわざそこに行こうと思わなければ手に入らないのだ。

「なに、並んでくれたの？」

「取引先に手みやげ買うついでにさ。前に食べてみたいって言ってなかった？」

「なかなか行く機会がないから……ありがとう。人数分あるかしら」

「あるんじゃないかな……じゃ、ごゆっくり」

幸治が皆に挨拶をして、階段を上がっていくのを見届けてから、祥子は紙袋を広げた。そこには、パウンドケーキやフロランタン、フィナンシェなどが入っていた。それらを広げたペーパーナプキンに置き、包んでいく。

「少しずつだけど、話のタネに」

そう言って、皆に配っていく。祥子は料理に冷凍食品などは使わないし、おやつも基本的には手作りするタイプだけれど、でも、決して外食が嫌いなわけではないし、お弁当やスイーツを買うこともある。それを参考にして、自分なりにアレンジしてみるのも楽しい。

「素敵なダンナさんね」

まどかが言うと、幸恵は「さっきみたいな心配、全然ないでしょう。でも、モテそうだけど」と鼻の頭にしわを寄せた。

実はさっき、婚外恋愛の話になった。

同窓会や女子会をすると、多くの人が不倫をしていたり、そこまでいかないまでも、別の誰かにときめいていたりという話を聞くことがある。不倫といってしまうと、いけないことをしているようだけれど、婚外恋愛というと、おしゃれに聞こえるから不思議だ。もちろん、自分だけではなくて、夫にもその可能性があるわけだけれども、フェイスブックやＬＩＮＥで同級生や元カレと再会しただの、パート先の年下の男の子がかっこいいだの、ドキドキするということがあるらしい。

「祥子さんはそういうの、ないでしょ？　幸せそうだものね」

まどかに聞かれ、「そうね。……実は……誕生日だと思うんだけど、プレゼント隠してあるの見つけちゃったの」と自慢にならないよう言った。とたんに「きゃあ」と声が上がる。

「なに？　中身何だったの？」

「しっかりとは見てないけど……多分、ボッテガのバッグかな」

「うっそー！　いまだに誕生日プレゼントを内緒で用意してくれるの？　さすが〜」

「わからないけどね」

言いながら、肩をすくめた。

「いいなぁ、ウチはそんなの全然なし。ねだったところで、『自分で買ったって、どうせ俺の働いた金だろ』って。あー、恋したいわぁ」

幸恵がうっとりするように言って、皆の笑いを誘った。

たしかに、息子が二人とも小学生になって、自由にできる時間は増えた。実際、その時間を、家に皆を呼んでランチしたり、今日のように講座を開いたりということに活用している。さらに時間があれば、何かスクールにも通いたいと思っている。

もちろん、浮気などをして、家庭を壊す気なんてまったくない。

だって、私は今、理想の家庭を築いているのだから。

＊

子どもたちが眠ってから、幸治は「出張の書類の確認をしてくる」と言って、自室に向かった。

夫の携帯はリビングのテーブルの上に置かれたまま。もうこんな時間だからかかってこないと思っているのかもしれない。

魔が差した瞬間があった。夫の携帯に手を伸ばしかけ……手をひっこめる。

結婚して十二年、夫の携帯を覗き見なんてしたことはない。

ただ……ボッテガ・ヴェネタの紙袋を見つけてから、胸騒ぎがしてならない。昼間、皆には「私への誕生日プレゼントかも」と言ったけれど、実は浮気をしているのではないかと疑っている。

でも、していないと信じたいし、そもそも、そんな勇気はないでしょという気持ちもある。

今までもそう思ってきたし、今でもそう思っているけれど、ふとわき起こった疑問は自分の中でふつふつと音を立てて大きくなっていく。

絶対に、今まで作り上げてきた理想といえる家庭を壊したくない。

だからこそ、確認しておきたいという思いもあって揺れ動く。でも、見てしまって、もし辛い現実を突きつけられたら——？　その場に崩れ落ちてしまうかもしれない。

「なに、難しい顔してんの」

気づいたら、幸治が階下に降りてきていた。

「え、あ、別に」

慌てて、テーブルを離れ、キッチンに向かった。

「何か飲む？」

家ではあまりお酒を飲まない幸治は、夜にコーヒーや紅茶だけでなく、簡単なスープを飲むことがある。

「んー、ほら、青ネギの入った中華スープ、あれがいいかな。でも、その前に風呂入ってくるわ」

「わかった」

特に携帯を気にする様子もなくバスルームに向かう幸治の背中を見送りながら、この隙に見てしまおうかと心の中で葛藤を繰り広げる。

迷った挙げ句、誘惑に負けた。

一度手にしたら、その瞬間に罪悪感はなくなっていた。幸治はスマホだけれど、SNSをしていない。ロックもかかっていなかったから、あっけないほど簡単にメール受信画面にたどりつけた。

大丈夫、何もない……そう思っているはずなのに、携帯を持つ手が小刻みに震えているのがわかる。もう一度、左手でぎゅっと握りしめ、メールのアイコンをタップした。

ジャンル別に分かれているわけでもなく、受信トレイに履歴がずらりと並んでいる。そこにあるのは、キャバクラや高そうなバーからの営業メールばかり。あとは、同僚なのか取引先の人なのか、「ユウキ」という同じ人の名前が並んでいる。

「浮気がわからないように、あえて男性名を使う場合もあるんだってよ」

友人のそんな声が聞こえてきた気がして、たくさんあるメールの中の一つをタップする。

――ドームのイベント見積もり、引き出しの中に入れておきました――

単純な業務連絡。しかも、夫はそれに返信もしていなかった。

「やっぱりね」

ため息と共に思わず声が出た。安心したら少しイラッとした。浮気をしていないらしいだけに、逆に腹が立ってしまう。

誰にも相手にされないような、しょぼくれた男になってしまったのか。中年になってそれなりの丸みは帯びたけれど、今でも出会った頃とあまり変わっていない。もちろん暴力を振るうわけでもないし、食事に文句を言うわけでもない。家にいる時は、五年生の颯真と、一年生の涼真《りょうま》の相手もしてくれる。今日のように、祥子のやることも認めてくれるし、友人たちに不愛想なわけでもない。

なのに。

どうしても、どうしても——皆の前でだけ、いい夫の姿を演じているように見えてしまうのはなぜなの？

祥子も結婚する前は、夫の勤める都市型レジャー施設運営管理会社系列のグッズ販売会社で受付をしていたから、本社から幸治が訪ねてくるたびに、ときめいていた。たった二つ上なのに、スーツを着こなしている姿は、それはそれは大人に見えた。短大時代も男の子と付き合ったりはしたけれど、わいわい騒いで目立つことがカッコいいと思い込んでいる子ばかりだった。

でも、三人兄弟の真ん中で育った彼はマイペースだ。親は、長男には期待し、三男はかわいがるという典型的なタイプだったから、世の中の真ん中の子と同じように、夫もそういうふうに育ったのだと思う。

とはいえ、中学受験をして、世間的には「まあ、いい学校」と言われる大学まで行かせてもらったということは、それなりに目をかけてもらったのだろう。真ん中にしてはおっとりしている。自分を主張しすぎることもないけれど、必要以上に卑下《ひげ》することもない。

だから、必要なこと以外しゃべらないのに、会話が途切れることもなく、意外と遊び慣れていた。そんな彼と二人きりで会うことになった時は舞い上がったし、交際を申し込まれた時も、もちろんプロポーズされた時も、夢のようだった。

ただ一つ、気になっていたのは祥子の実家のことだ。

小さい頃、実家は都下で日用品店を営んでいた。地元の人によく利用されていたのだけど、近くに百円均一の店やコンビニエンスストアができてしまってからは、買い物ではなくしゃべりにくるおじいちゃんおばあちゃんばかりになってしまった。そのために生活が苦しくなって、店の経理と接客をしていた母は内職の仕事も始め、本当に大変そうだった。だから、祥子もいろいろと気を遣って、親に何もねだることもなかったし、やってみたい習い事があっても、一言も「やりたい」なんて言わなかった。

そういう経験をしたこともあり、絶対に自分の子どもに同じ思いをさせたくなかった。かといって、結婚がお金目当てとも思われたくなかったから、実家のことをどう幸治に話すべきかすごく迷ったのだ。でも、正直に言ってみると、幸治はすんなり受け入れてくれた。

「俺が幸せにする」——その約束を守り、幸治は祥子が必死になって働かなくてもいいようにしてくれるから、好きにさせてもらっているし、二人の子どもにも恵まれ、幸せな生活を送っている。これ以上、何を求めればいいの？　という感じだ。

ちなみにいえば、母も父が亡くなってから、やれ習い事だ、やれパートだと忙しく動き回っている。今まで見た中で一番イキイキしている姿は、娘としても安心できる。

「どした？」

不意に幸治の声が聞こえ、びくっとしてしまった。部屋には暖房が利いていることもあり、幸治はスウェットのズボンだけはいて、上半身は裸のままリビングに顔を出した。

「え、あ、ホラ、これ」

さりげなくスマホをテーブルに置き、その代わりに、昨日もらってきたチラシを幸治に見せる。そして、自分はスープを温めにキッチンに入った。

「レンタル……畑？」

「そ。畑をシェアして使いませんか？　ってやつ。もちろん無農薬で、好きな野菜を育てられるの。こういうの、子どもの食育にも役立つと思うんだけど、どう？　しかも、場所はおしゃれな青山5丁目」

道具を持たずに、自分の借りた畑で野菜を育てられる。それでお料理教室をしたら、どんなに素敵なことだろうと胸がおどる。

「へー、うちの会社の近くじゃん」

「そうなの。家から近くのところより、気合いが入るでしょ」

「いいんじゃないの。俺もちょこちょこ顔出せると思うし」

「ホント？　じゃあ、見学会の予約とるね」

そう言うと、幸治は微笑んだ。

優しい夫とやんちゃだけど素直な二人の息子。これほど幸せを感じることはない。

見学会当日、家族四人で電車に乗って青山5丁目レンタル畑に向かった。車で訪れなかったのは、道路の混雑状況がわからないから時間が見えないという理由もあったけれど、それよりも、自分一人で通う時にかかる時間が知りたかったからだ。

畑の場所が駅から近いということもあって、家から一時間かからなかった。これなら気分転換のために出かけるにもちょうどいいかもしれない。それに、青山に出ていくという特別感がいい。

大通りから一本入ったところにその畑はあった。

こんな都会の真ん中にあるのに、別世界に足を踏み入れたように感じる。

入口らしきところに立っていると、「新井様ですか？　お待ちしておりました」と、笑顔の魅力的な女性が迎えてくれた。「江藤美菜子」という手書きの名札がついている。「美しい野菜」が名前に入っているなんて、もともと農家の生まれだったりするのだろうか。

自分もこのくらいの年齢の頃はキラキラと見えていたのかなと振り返ってみる。うーん、微妙かも。

今は？　幸せな家族、満ち足りた妻に見えている？

その時、ふと、気づいてしまった。新井祥子という一人の人間の存在を、自分自身で無視してしまっている。

ぼんやり畑を眺めていた時、「こちらへどうぞ」と美菜子に案内された。すでに夫や息子たちは、ここがいい、あそこがいいと、農園内を駆け回っている。

見学会というから、皆揃って、何か野菜の育て方など説明を受けるのかと思っていたら、予約の入っていない区画をいくつか案内されるだけのようだ。

「すみません」

子どもたちが駆けずり回っている様子を見て謝ると、美菜子は「いえいえ。皆さんに楽しんでいただけた方がいいですから」と感じのよい笑みを浮かべた。それが本当であることを示すように、美菜子は目を細めて颯真や涼真の様子を見つめていた。

ほかに子どもが来ている様子はないけれど、颯真や涼真が喜んでいるのなら、それに越したことはない。そう、家族で野菜を育てることに意義があるのだから。

スマホを取り出し、畑の向こうで、息子たちが駆け回っている様子を写真に収めた。フレームの中には、それを笑顔で見つめる幸治の横顔も入れた。

あとでフェイスブックにアップしよう。

「颯真も涼真も速くなったな、走るの」

言いながら戻ってきた幸治が、美菜子に気づき、「どうも。お世話になります」と挨拶をした。

それを合図に、美菜子は簡単に、ここのレンタル畑、通称「青レン」のシステムを説明してくれた。月会費は区画の大小によっても違うけれど、およそ八千五百円前後。その中に農具レンタルや種の料金、普段の管理代なども含まれているという。長靴も置いておけるから、文字どおり、手ぶらでお世話しに来ることも可能だ。

「どうする？」

「うん。いいんじゃない？」

「場所は？」

「子どもたちに選ばせたら？　ここは、日当たりも変わらないみたいだし。それに、スタッフさんも面倒みてくれるみたいだし」

幸治が美菜子の存在を意識しながら答えているのがわかる。人からどう見られるかが気になるのだ。

一事が万事こういう感じだ。

大らかで何でも許してくれると思っていたのは、その実、自分の意見を言うのが億劫《おっくう》なだけ。大人の余裕があると思っていたのは余計な争いを避けたいだけなのだ。年齢を重ねてからは、何でもお金で解決しようとする姿勢が加わった。

「ごゆっくり考えてくださってけっこうですよ。私、あの小屋にいますので、ご自由に見学なさってください」

美菜子は話し合う機会を与えてくれたのか、ログハウスのような小屋の方へ歩いていった。

「じゃあ、仮予約しちゃう？」

「別にいいよ」とあまり興味がなさそうに答えた夫は、自分が手続きをするつもりはないらしく、すでに戻ってきていた息子たちと昼ごはんに何を食べたいか話し合っている。

祥子は小さくため息をついて、さっき撮ったばかりの写真をフェイスブックにアップした。


小屋に入っていくと、「こんにちは」と男性スタッフが迎えてくれた。黒ブチのメガネがちょっととっつきにくそうな印象を与えるが、よく見ると整った顔立ちをしている。

「新井さん！　ご予約ですか？　ありがとうございます」

奥から美菜子がにこやかに近づいてくる。すると、男性スタッフは「では、江藤が担当しますので」と軽く会釈しただけで奥に行ってしまった。

美菜子に促され、書類の並べられている席に座る。その向かい側に美菜子が座った。

「ご家族でなんて素敵ですね」

「ええ、まあ」

「お子さんにもいい刺激になりますよね、きっと」

「だといいんですけどね……」

答えながら、名前などを記入していく。

「ご予約記念でじょうろプレゼントします。赤、白、黄、緑、青から選べるんですよ。マイ・じょうろ。なかなかいいですよね？」とニッと笑った。顔を上げると、彼女が指した棚の上には、ずらりとじょうろが並んでいた。目に飛び込んでくるビタミンカラーのおかげで、元気になれる気がする。

「じゃあ、黄色にします」

「黄色は幸せの色ですね！　素敵なご家族ですもんねー。憧れます。イメージぴったりだな」

美菜子が小屋の外に目をやった。その視線を追うと、幸治が颯真と涼真と共に子どものようにじゃれ合っていた。

そっか。

幸せに見えるんだ、私たち。

その時、バッグの中で、フェイスブックの書き込みがあったことを知らせる音が鳴った。

いいね！　の数が増えていくのに反比例して、祥子の気持ちはしゅううううんと音を立ててしぼんでいくような気がした。

春

【美菜子】

「今日は皆さんお集まりいただき、ありがとうございます。本日のスケジュールを簡単にご説明します。まず、この結束式の後、区画の割り振りを発表いたします。それから、農家の方による栽培セミナーを行いますので、ぜひ最後までご参加ください」

ハンディマイクを持ち、河田が淡々と説明する。

緊張するのはわからなくはないが、もう少しにこやかに話すとか、サービス精神を発揮してもいいのではないかと思う。こんなにワクワクするのだから。

三月になり、まだ寒さは残るけれど、澄み切った青空は春の訪れを感じさせる。

今日は港区役所の区長、パーフェクトヘルスの社長をはじめ、レンタルをしたお客さんたち、そして、今日の講師であるスタッフさん含め、五十人ほど集まっている。

「それぞれに名前をつけてありますが、一応、読み上げますね。北原さんA、渡会《わたらい》さんB、新井さんご家族はCですね。鈴木さんD、高倉さんはEです。それから……」

河田がハンディマイクで発表している間、美菜子はその隣で、ただただニコニコして立っているしかなかった。

きっとそれが一番いいだろうと思っていたのだが、河田が何かを目で訴えてきたので、慌てて各区画の場所へ案内をする。

「こちらへどうぞ」

「ありがとうございます」

あ、なんかいいな、こういうの。

お客さんたちは皆、新しいことを始める前の高揚感でキラキラしている。今日はまず土を耕し、種を植える準備をするのだ。

「まずは、土に堆肥《たいひ》と苦土《くど》石灰をまいて、鍬でよく混ぜてください。苦土石灰が土をアルカリ性にするので、いい土になります」

畑をレンタルした会員さんたちは、河田の言葉に大きく頷いている。

このくらいは美菜子も付け焼刃ながら知識として得ているけれど、河田に言われると、それがものすごく重要なことのような気がしてくる。

「で、五日から七日おけばいいので、それ以降に種を植えましょう。植えたいものがあったら、まず種の袋の裏を見てください。東京は中間地になりますから、『蒔き時』というところに三月が入っていれば大丈夫です。特にジャガイモはもう種イモを売り出していますから、準備をしてくださいね。種によってはマルチシートなどを張らなければいけないので、わからなかったらスタッフにご相談くださいね」

河田が「ね」を強調するように、少しだけ笑顔を見せた。そんな顔ができるなら、こっちにもそれを見せてくれ。


帰り際にまず蒔きたい種をそれぞれ選んでもらうと、皆、ひと仕事を終えた充実感からか「ありがとうございます！　これからよろしくお願いします！」と嬉しそうな顔を見せてくれた。

野菜作りという、直接、会社の商品の企画には関わらないけれど、直接的にお客さんの反応が見られる仕事というのは楽しいかもしれない。企画部に異動になってようやく、こういうのも悪くないかもと思えた。

お客さんが全員帰ってしまい、今日使った台車やホースなどの荷物を青山通りの駐車場に停めておいた河田のワゴンに運んでいた時のことだ。

「美菜子？」

声に振り向くと、そこに立っていたのは雅大だった。もう別れてから一年半以上経つけれど、彼はまったく変わっていなくて、三日前に会ったばかりのような感覚さえあった。いや、彼は以前よりも姿勢がよく、快活に見えるかもしれない。どうしてあの時、プロポーズを受け入れなかったのだろうと後悔するぐらいに。

　でも、もう後戻りはできない。

「雅大……」

　不意に、母がよく口ずさんでいたユーミンの「DESTINY」の歌詞が頭に浮かぶ。

「♪　どうしてなの　今日にかぎって　安いサンダルを　はいてた」

　美菜子は安いサンダルではなく、エプロンに日よけ帽子、長靴という、安いサンダルよりヒドイ服装だった。

　うろたえながら言葉を探していると、気配に気づいた。かすかに振り向くと、美菜子と同じような格好をした河田の姿が目に入る。その河田は雅大に軽く会釈をした。

「えーと、あの、これはね。違うの」

「うん。……そっか」

　雅大は美菜子と河田を見比べながら頷いている。河田との仲を誤解しているのだろうか。

「わ……私、今ね、野菜作りを一生懸命やりたいの。それでね、みんなの幸せな笑顔が見たいの」

「そう。頑張って」

「うん、彼と一緒に」

「そうなんだ」

雅大のその口調からは何の感情も読み取れなかった。ただ、もう二度と彼とは会えないということだけは、直感した。

「じゃあ、元気で」

美菜子は雅大を振り切るように、ワゴンのトランクに荷物を載せると、自分は助手席に乗り込んだ。

河田は美菜子に続いて、何も言わずに自分の持っていた荷物を後部座席に載せると、運転席に座った。

「どうしますか?」

「別に……どうも……」

気まずい。さっき「彼と」と河田との仲を強調するように言ってしまったことを謝った方がいいだろうか。いつも淡々としている河田だって、雅大が元カレだということにさすがに気づいただろう。

でも、河田は顔色を変えることなく、ハンドルを握ると、そっと車を発進させた。

どこまで車を走らせるのかと思ったら、お台場パレットタウンの観覧車が見えてきた。なぜ、わざわざデートっぽい場所に来たのだろうか。もしかして、なぐさめようとしてくれてる……とか？　そっと河田の様子をうかがってみたけれど、その横顔に変化はまったくない。

何も聞けないままドキドキしていると、芝浦ふ頭近くの小さな建物の前に到着した。倉庫兼事務所になっているのだろうか。あまりひと気もないけれど、かといって景色がいいわけでもない。

それでも河田が車を降りたので、続いて車を降りる。

「あの、ここは……？」

「うちの区役所の分室ですけど」

「へ？」

きょろきょろと辺りを見回すと、たしかに「港区役所芝浦分室」という小さな看板があった。

「荷物運ぶの手伝ってください」

言いながら、河田はすでにワゴンのトランクを開けている。

「ええ～っ、そういうこと？」

ちょっとでも何かを期待してしまった自分がバカだった。仕方がなく、河田が次々に車から下ろす鍬やシャベルを手に取った。

「どこに持っていけばいいんですか？」

河田を振り返ると、台車にこぼれんばかりの道具を積んでいる。両手がふさがっていて手伝えないけれど、一応「大丈夫ですか？」と声をかける。

もごもごと何か言ったような気がしたが、河田が台車を押し始めたので、ついていく。

「……畑に罪はないですから」

「えっ？」

「それから野菜も」

「え？　なんですか？」

聞き返しても、河田はこちらを振り返らない。

「野菜って無駄な部分がないんですよ。ヘタとかくずだって、使い道があるし」

「はぁ……」

「だから、無駄な時間なんてないですから」

ん？　やっぱり、もしかしてなぐさめてくれてる？

元カレと過ごした時間だって、今、畑仕事をしているのを見られたって、どれも自分には変わりがない。後悔したって、過ごした時間は取り戻せない。ならば、自分の置かれた場所で、それを楽しんで頑張ってみるのも悪くないのかもしれないと、本気で思えた。

少なくとも、今日の開園式まつりは楽しいものだったし、その気持ちはホンモノだ。踏ん張って踏ん張って踏ん張って、そうしたら、何か見えてくるものがあるかもしれないし、自分なりのタイミングを見つけられるかもしれない。

美菜子は河田に追いつき、隣に並んだ。

「あの、ありがとうございます」

「別に」

河田はこちらを見ようとしない。あえて無表情を装っている気がして、ちょっと笑えた。

倉庫の前に着くと、台車を止めた河田は「今日はおつかれさまでした。あとは僕がやっておくんで」と、やっぱり顔を見ないまま、美菜子の手からシャベルと鍬を受け取った。

「はい。じゃあ、片付けお願いします。おつかれさまでした」

踵《きびす》を返し、歩き出してから河田のワゴンを見て、ふと気づいた。

私、このまま帰れないじゃないっ！

着替えをしていないのはもちろんのこと、まだ長靴のままだ。

振り返ると、河田が農具を手にしたまま、笑いをかみ殺していた。

「もう〜、勘弁してくださいよ。送ってってもらいますからね」

美菜子は河田の返事も聞かずに、再びワゴンの助手席に乗り込んだ。

＊

「なに、それでどうしたの？」

久しぶりの家飲みをしに、良美が美菜子の家にやってきた。一緒に働いていた頃はよくやっていたものだけれど、良美が転職してからはめっきりなくなってしまったから、三年ぶりか。たまにはこういうのも悪くない。

アメリカ土産でもらったようなロゴ入りの白いTシャツにグレーのスウェット地のズボンをはいたパジャマ同然の状態で、コンビニで買ってきたお惣菜を広げ、缶チューハイを傾ける。とってもだらしなく不健康な気もするけれど、たまに、気心の知れた友達と一緒にやると、解放感があって心の底からくつろげる。美菜子はこういう時間が大好きだ。

「別にどうってことないよ。そのまま青レンまで送ってもらってバイバイ」

「それって雅大くんより、河田さんを選んだってことだよね？」

「別に選んだわけじゃなくて、成り行きっていうか……」

「でも、雅大くんを振り切って河田さんの車に乗り込んだってことだよね？」

「まあ、そうっちゃそうだけど」

「きゃっ」

良美は一人で盛り上がっている。ただ、雅大に惨めなところを見せないためだけに、あの場をやりすごしただけなのに。

「良美こそ、どうなってんのよ」

美菜子が連れて行かれたアウトドア鍋コンで会った小野孝志から連絡が来たとメールで聞いていた。

良美はかわいいし、気さくに誰とでもしゃべるし、仕事もできる。

なのに、彼氏いない歴がもうすぐ四年になる。当時の彼氏とは結婚も考えていたはずだ。大手の建築会社に勤めていて、ラグビーだかアメフトだかをやっていて、見た目も悪くなかった。落ち着いた感じでしっかりしているから、彼氏としてもダンナとしても申し分ないと騒いでいたのを覚えている。でも、ある時からパタリと彼のことを言わなくなり、そのうちに良美自身が転職活動を始めたから、きっと意見の食い違いなどがあり、ダメになったんだろうと深くは聞かなかった。

美菜子もそうだけれど、仕事もしたいし、いつかは結婚もしたいというのが良美のスタンスだ。できれば子どもだってほしいと思っている。今はそうしてもいい時代だと思う。大変なことはもちろんあると思うけれど、絶対無理というわけではないだろう。

もうすぐ三十歳になることもあり、良美は理想の彼氏を見つけるべく、合コンに出まくっているのだ。

「え？　デートしたよ」

「どう？　いけそう？」

「うーん。まぁ」

良美はそれ以上言葉を続けず、柿ピーを口に放り込んだ。

「なにそれ。不満なの？」

「不満はないよ？　一緒に歩いててもカッコいいから注目されるし、会話も慣れてる感じで楽しかったし」

「なら、いいんじゃない？　好きなんでしょう？」

美菜子が聞くと、良美はまた言葉を濁して、缶ビールを飲んだ。

「……なんかさ、私って自分で言うのもなんだけど、努力した人じゃない？」

「うん」

良美は、昔好きだった男の子に「俺と同じレベルにならないと付き合えない」と言われてから、頑張って勉強もしたし、前向きに努力する人になったらしい。結局ふられてしまったけれど、その反動もあって、付き合う相手は自分よりも背が高くて、学歴も上じゃないとダメなのだ。

「でもさ、小野くんの年齢以外わからなくって、イマイチ踏み込めないんだよね」

「なんで？　好きなら年齢すら関係なくなると思うけど……っていうか、気にする必要ないんじゃない？」

「うーん」

良美は納得いかない様子だ。

「っていうか、気になるなら聞けば？」

「そうなんだけどさ……『仕事は？』『年収は？』って確認して、それによって態度変えるガメつい女みたいに見えない？」

「それは聞き方によるし、何か知ったからって態度変えなきゃいい話だと思うけど……」

彼女は、自分に自信がないからなのか、いざという時に逃げてしまうのだ。好きになる予感があると、その相手には特にガハガハ系になってしまう。よって、友達どまりなのだ。

「ダメなんだよねー、いろいろ知ってないと安心できなくって」

「そっかー」

普段は「えいっ」と行動に移してしまう部分もあるのに、恋愛になると、とたんに慎重になってしまう良美は、たしかに相手のことをすべて知っていないと気がすまない部分があるのかもしれない。それは、好きになって「相手のことをもっともっと知りたい」というのとは、少し違う。好きになる理由を探しているようにも見える。前の彼氏とのことが相当な痛手になっているのだろうか。

「また言われちゃった。『俺といても楽しくない？』って」

言った瞬間、良美の顔が歪んだ。多分、いろいろ聞き出すタイミングを見計らっているから、気がそぞろになってしまうのだろう。それにしても彼女のこんな弱気な顔は、ここのところ見たことがない。以前、別の付き合っていた相手にそう言われた時は、「ホントに楽しくなかったし。別にあんなヤツ知らん」と言っていたから、今回は本当に彼のことが好きになっているのかもしれない。

「ね、明日さ、野菜収穫しに来ない？」

美菜子は明るく良美を誘ってみた。

「え？」

「実は私たちも、隅の方でだけど、レンタルしている会員さんたちと一緒に野菜育ててるの。

まずは自分がやってみないと、みたいなとこもあって」

「ふーん」

「ホラ、私、超初心者じゃない？　だから、農園日誌みたいのをつけて、『こういうことしたら失敗しました』とか『これをしてみたら成功しました』とか伝えていこうと思って」

小難しい専門書は読みたくないだろうけど、素人が描いたイラスト入りの「青山５丁目レンタル畑通信」ならば楽しんで読んでくれるのではないかと思い、定期的に作成して皆に渡していこうと考えた。一応、最初に河田に相談したら、「やりたいならご自由に」と興味なさそうに言われたので、ムカついて、やってみることにしたのだ。

「そうだ！　行けば河田さんにも会えるんだね」

「いや、会えるっていうか……明日、一応、休みだからね。まぁ、様子ぐらいは見にくるかもしれないけど……でも、あんまり関わりたくはないんだよね、私は……」

「わかった！　そうと決まったら、乾杯しよう！」

わかったと言いつつ、美菜子に構わず良美は立ち上がり、冷蔵庫から缶チューハイを二本取ってくると、テーブルの上に置いた。

「え？　乾杯？　もう寝ようよ」

美菜子が慌てて言うと、良美はいたずらっぽく、「いいのいいの」と笑った。

翌朝は思ったより早く起きた。というより、起こされた。良美は思った以上に乗り気で、とりあえず青レンに顔を出してから、青山でブランチをしようということになった。

「うわー、すごいね。あの鍋コンの時とは規模が全然違う！」

着くなり、良美が声を上げた。

それはそうだろう。美菜子も連れて行かれ、良美が小野と出会った収穫体験つきの鍋コンの時は、いかにも合コン用に用意されたこぢんまりとした区画が一つあるだけだった。ここ、青レンにはいくつもの区画が広がっている。

「美菜子はどれを育ててるの？」

「ん？　小屋の横のやつ」

丸太小屋の横にスペースをとって作った小さな区画の菜園だ。二人でそちらに歩いていく。

丸太小屋に人がいる気配はないから、河田は来ていないのだろう。それを知り、どこかでほっとしながらも、残念に感じている自分がいた。

「今、収穫できるのは……はつか大根くらいかな」

美菜子の言葉に、近づいていった良美は、そのつやつやでイキイキとした葉っぱを見て、

「わお！」と声を上げた。

良美が「採っていい？」と美菜子を振り返ったので、「もちろん」と頷き、「ちゃんと育ってそうなやつ、収穫してね」と声をかけた。

「これ、大きそう」

と、良美が選んだものは先の方がまだ育っていなかった。

「あれ？」

不思議そうに首をかしげ、「じゃ、こっちは？」と採った、葉っぱが小さめのものの方が立派な実をつけている。

美菜子は良美の横にしゃがみ込んだ。

「土の中になるものって、葉っぱだけ見て判断しても、実は抜いてみないとわからないんだよね。それが楽しかったりするんだけど……食べてみる？」

美菜子は丸太小屋裏の水道に案内し、良美の収穫したはつか大根を洗った。

「いただきまーす」

良美が一口でかじる。大きいものと小さいもの、続けて口に入れた。

「おいしい！　何もつけてないのに味があるっていうか、みずみずしいよね」

「そうなの。見た目はふぞろいなんだけど、どれも濃くておいしいでしょう？」

美菜子が採ったばかりのはつか大根を食べようと大口を開けた時、

「採るタイミングによって大きさはそろえられますけど」

と頭の上から声がした。

「わ！」

丸太小屋の窓から河田が顔を出していた。

「あっ、河田さんですか。こんにちは。私、美菜子の友人で、宮内と言います。お邪魔してます」

美菜子が言葉を発する前に良美が挨拶をすると、河田は「どうも」と軽く頭を下げ、美菜子に向かっては、「来週打ち合わせしたいんで、企画を考えてきてもらえますか」と言った。

「企画って？」

「イベントっていうんですかね。レンタルしている人たちどうしの交流だったり、新しくお客さん呼ぶためだったり……」

そこで止まったので、次の言葉を待っていると、河田は美菜子の視線に気づいたのか、

「とにかく、あとで詳細書いた紙、渡すんで」と言って窓を閉めた。

「あー、ああいう感じなんだね」

良美が美菜子に向かって、ウンウンと頷いた。

「でしょ？　わかってくれる？　やりにくいったら――」

「いやいや、彼、落ち着いてるし、意外とカッコいいし」

良美はきっぱりと美菜子の言葉を遮った。

「ええっ？　関係ないし」

「関係なくないし」

「何がよ」

「何事もタイミングだって。さっき言ってたじゃん、河田さん」

「それがどしたの」

聞き返すと、「私もさ、外側ばっかりにこだわってちゃダメだね」と良美は勝手に納得していた。

「え？　今度はなに？」

「今、小野くんに会ったってことは、そのタイミングだったんだと思う」

「……そっか。そだね」

「美菜子もだよ」

「もう、良美ってば！」

良美の発言を否定しながらも、心のどこかがうずくのを美菜子は自覚していた。

【真由】

土は耕してから一週間ぐらいでよくなじむから、種が蒔きやすいと聞いたので、開園式まつりからきっかり一週間後に畑に行った。

土曜日ということもあって、周りは家族連れや友達どうしが多い。もしかしたら、一人きりで申し込んだのは自分だけなのかもしれないと思うと、ちょっと切ない。でも、土を耕しているだけで無心になれる気がするから、よしとしよう。それに、「おひとりさま」ってなんかカッコいいし。

「種ほしい方、言ってくださいね」

たしかあの人は区役所から来たっていう、この青山5丁目レンタル畑の管理人さんで、先週、挨拶をしていて……。名前、なんだっけな。そうだ、河田さんだ。すごく淡々とした感じで、ぼそぼそとしゃべるんだけど、メガネの奥の瞳はちょっと優しい気がする。あんまりオラオラ系でないのがいい。

この畑は、種もシェアできるというので、とりあえず、水菜とニンジン、はつか大根、ほうれんそうの種をもらってみた。簡単そうだし、収穫したらすぐ料理に使えそうだから。

もらったマニュアルどおりに溝を作り、数十センチ間隔に植えていく。軽く上から土を押さえ、水をたっぷりあげる。そんな他愛もない一連の動作をすることには慣れている。小学校の頃にも朝顔やヘチマを種から育てたことはあるけれど、それとは違う、なんだかペットを育てるような独特の感覚とワクワク感があった。

単調だった生活が一転した。

どのくらい育っているか、ひからびていないかが心配で、毎日、会社帰りに立ち寄り、その生長を楽しむ。

時間があるからというのも理由の一つかもしれないけれど、ただ、とにかく不安で仕方がない。もし見ていない間に枯れてしまったらどうしようと思う。

今まで特にどこに行くというのもなく、タイムカードを押す時間も同じ、家に帰りついた時間も同じというくらい代わり映えのない毎日だったから、寄るところがあるというだけで、とても嬉しいし、面倒を見る対象があるというのは、こんなにも生活に潤いを持たせるのだと知った。そのウキウキ感が出ているのか、最近、会社では「北原さん、彼氏でもできたんじゃない？」と陰で囁かれているのも知っている。

そう、野菜や植物は手をかけただけ、生長する気がする。特に水菜とはつか大根は、水をあげた量と日照時間に比例して大きくなっている。真由は以前より生長した葉っぱを確認すると、丁寧に水をあげていった。

「熱心ですね」

顔を上げると、河田がいた。

「なんか心配で」

「わかります。芽が出るまでは特に心配だと思います。でも、土に指を入れてみてください。それで湿ってたら、お水あげなくても大丈夫ですから」

「そうなんですか？」

言われたとおりに、人差し指の第一関節まで入れてみる。指を抜くと、しっとりと濡れた土がついていた。

「あ……」

「今日は大丈夫そうですね」

「じゃあ、何のお世話をすれば……？」

毎日、水をあげなくていいと言われてしまっては、ここに来てもやることがなくなってしまう。それが怖かった。戸惑いが表情に出てしまったのかもしれない。河田は真由を見ると、

「あくまで僕の考えなんですけどね」と前置きをして、話し始めた。

「お世話って土を耕したり、水をあげたりだけじゃないと思うんです。様子を見ることも立

派なお世話です。聞いたことありませんか？　植物に話しかけるだけで違うって」

「あ、あります」

「とはいっても、人間やペットみたいに自分の不都合を訴えてこないから、その分、繊細で難しいとは思いますが」

「はぁ……」

「僕たち、常駐してますから、土が乾ききってたら水をあげておきますよ」

「でも、それは申し訳ないし……」

「管理費も料金に入ってますから。実際、週末農業の方がほとんどですし」

河田は淡々と何でもないことのように言う。

たしかにそうなのかもしれないけれど、でも……。

「でも……私の場合、それじゃ育てる意味がないっていうか……」

というより、やることがなくなってしまうのが嫌だった。まっすぐ家に帰ったら帰ったで、実家の母の電話の相手をしなければいけないことはわかっている。

「わかりました。じゃ、北原さんはご自分で管理されるということにしましょう。何か困ったことがあったらご相談くださいね」

真由が言葉に詰まっていると、河田はそう言って、道具を持ったまま丸太小屋の方へ向かっていった。

その時、ふと気づいて、辺りを見回したら、さすがに薄暗くなった、もう夜になろうとするこの時間には誰もいなかった。あれ？　もしかして、自分がいなければ河田は帰れるのでは……？

そう思ったら、「あの！　河田さん！」と自然と声が出た。「どうしました？」と河田がゆっくり振り返る。話しかけられたのがとても意外そうだった。

「あの、えーと、呼び止めてごめんなさい。いつもこんな遅い時間に来るのってご迷惑ですよねと思って……。私、気づかなくって」

「いえ、そんなことありませんよ。まだクローズの時間じゃないですし。それに、クローズしてからも、江藤とミーティングしなきゃいけないので気にせずに」

「あ……ですよね。お仕事ですもんね」

自分の意見を否定されるのには慣れている。「失礼します」と向きを変えようとした時、「あー、北原さん、いらしてたんですか！」と美菜子の声がした。彼女はいつも明るくポジティブで、感情のふり幅がいい意味で少ない気がする。テンションが低い方で感情のふり幅が少ない真由とは対照的だ。

美菜子は「はつか大根、大きくなってきましたよね！　次にいらっしゃる時には、そろそろ間引きできるかもしれませんね」とニコニコしながら真由に話しかけてきた。

　真由が来た時に、いつも美菜子がいるわけではないので、まさか毎日寄っているとは思いもしないのだろう。ちらりと河田の様子をうかがってみたが、何の表情の変化も見られなかったので、「実は毎日来てるんです」とは言い出せなかった。それでも、明日もいつものように来てしまう気がするのだけれど。

*

「くじびきで席を決めるなんて、合コンみたいだね」

　ふと、隣でさらりと声が響いた。

　今日は四月付で海外勤務から戻ってきた田宮憲吾《けんご》の歓迎会だ。入社して研修が終わると、すぐに海外勤務になったというから、最初からその才能を認められていたのだろう。

「いつもこんな感じなの？」

「すみません。あんまり飲み会とか出ないのでわからないんですけど……でも、参加した時はいつもくじびきしていたような気がします」

「へええ、そうなんだ」

憲吾はそういうと、じっと真由を見た。

「え……なにか？」

「北原さんだっけ？　おもしろいね」

「え？　私ですか？」

「そう」

「私、今までの人生で一度もそんなこと言われたことないです」

真由が否定すると、憲吾は本当におもしろそうにケラケラと笑った。端整な顔立ちをしているのに、くしゃくしゃの顔をして笑う。

「そういうところがおもしろいんだって。なんていうの？　ノリでその場を乗り切るんじゃなくて、ちゃんと向き合っちゃうところ」

「そう……ですかね。スミマセン、ノリが悪くて」

そういうところは昔から指摘されてきた。

「じゃなくてさ」

憲吾はそう言って、顔を寄せてきた。その近さに反射的に距離をあけてしまう。

「ね、ウーピー・パイ好き？」

「はい？」

「ウーピー・パイ。知らない？」

一語一語ハッキリ言われても、知らないものは知らない。真由は小さく頷いた。ウーピー・ゴールドバーグだったか、とにかく外国の女優ならなんとなく知ってるけど、パイなんて聞いたこともない。そもそもパイって食べ物のパイなのか？

「そっかー。じゃあ、ふわふわのパンケーキは？」

「多分、好きだと思います」

「多分？」

「いえ、食べたことないので……」

「じゃ、今度、どっちか食べに行こうよ。来週、どう？」

「あー、はい。空いてます」

というか、いつも空いてる。

「時間とかはまた決めよう」

「はい」

つられて返事をしてしまったけれど、これってもしかしたら大変なことなんじゃないだろうか。だって、相手はアメリカ帰りの、注目のイケメンなのだから。

でも、平静を装った。だって、誘われたはずはない。きっと、憲吾が流行りのスイーツを食べたくて、たまたま、くじびきで自分がこの場所にいたからというだけだ。

「あー、食べるんじゃなかった。胸焼けする」

憲吾がから揚げを食べたあとに言った。

「ぷっ」

「なんだよ、今、笑った？　アメリカでジャンクなものばっかりだったから、ちょっと油っぽいの食べると胃もたれしてさ。わかる？」

その慌てぶりが子どものようで、つい笑ってしまった。彼の意外な面を見た気がして、なごんだ瞬間だった。

「わかります。私も、そういうのが苦手で外食はちょっと……」

「え、じゃ、どうしてんの？　お昼」

「お弁当です」

「えっ、手作り？　うらやましいなあ」

「え？」

「え？」

一瞬、視線が交錯する。ここは何か言わなきゃいけないのかも。

「まあ……前の日の残り物ですけど……」

本当は、「お弁当作ってきましょうか？」と言いたかったけれど、さすがにそこまでは言えなかった。

この人はこういうの慣れているんだろうな、誰に対してもまっすぐに笑顔を見せているんだろうなと思いながらも、心のどこかがフワフワしていた。

＊

「キタマユ？」

昼休憩を取ろうと廊下に出た時のこと。不意にそんな呼び方をされ、背中がぞくっとした。

小学校六年の時、「マユちゃん」がクラスに三人いたのだ。だから、佐藤まゆちゃんは「サトマユ」、長野麻友ちゃんは「ナガマユ」、そして真由は北原の北と真由を合わせて、「キタマユ」と呼ばれていた。

自分と同じ呼び方をされている人がこの会社にいたのか？　絶対に自分のはずがないと思いつつ、のろのろと振り返る。

「よっ」

「わっ、ノブ！」

思わずつんのめりそうになった。エレベーターの前で、幼なじみの池田伸樹がニコニコと手を振っていたからだ。小さい頃から身体は大きかったけれど、お調子者のくせに泣き虫で、誰かに何か言われたと言っては、ひょろひょろした真由の後ろに隠れていたものだ。だからといって、真由がその相手に対して何かを言うわけではないのだけれど。

それが、中学生になって弓道部に入ってから、いきなり落ち着きを見せるようになった。クラスが違ったこともあって、昔のようにちょこちょこ話さなくはなったけれど、廊下ですれ違えば、「マユ！」と屈託なく手を振ってきた。

そのまっすぐさが気恥ずかしくて、学校で相手にしなかったら、自宅近くで会ってもしゃべらなくなっていた。

でも、数年後、会社で再会したのだ。

短大卒で入った真由の二年後、伸樹は大卒で入社してきた。お互い、会社で再会した時にはあまりの驚きでのけぞったものだ。今は地方に配属されているはずなんだけど……と怪訝な顔をしていると、「この四月に本社に来たからよろしく」とあっけらかんと言った。

「え、ウソでしょ？」

その時、「あ、真由ちゃん」と憲吾から声をかけられた。

「あ、おつかれさまです」

「おつかれさまです」

仲樹と声が重なった。

「え？」

思わず仲樹を見ると、真由の疑問に気づいたのか、「憲吾さんには営業研修でお世話になったんですよね？」と言いながら、憲吾を見た。

「そうそう。だから新入社員の頃から知ってるんだけど、二人も知り合い？」

「実は幼なじみなんです」

真由が答えようとする前に、仲樹が言った。

「ホント？　何それ？　偶然？」

憲吾は目を丸くしている。

「偶然も偶然です。ぜんっぜん会ってなかったですし」

「そうなんだ。で、二人はこれからごはん？」

聞かれて「いえいえいえいえいえいえ」と慌てて否定すると、「じゃあ、俺と行こう」と憲吾の方から誘ってくれた。

「あ、でも私、お弁当を持ってきていて……」

「じゃあ、俺も弁当買うから外で食べようよ」

お弁当のことなど言ってしまったら、「また今度」と言われるかと思ったのに、なおも声をかけてくれ、さらに緊張する。

「ぼくも一緒にいいっすか？　お邪魔ですかね？」

昔のような調子の良さで伸樹が言うと、憲吾は、腕組みをして大げさに「うーん」と悩んでから、「今日のところは、許してやる！」と笑った。

「いいよね？」と笑いかけられ、ドキドキしてウンウンと小刻みに頷く。

いつも昼食は一人で食べていたから、「誰と食べるか」など話題の中心になったことがなく、こそばゆい感じがする。トイレから戻ってきた洋子がびっくりしたような顔でちらちらとこちらを見ているのも、少し誇らしかった。


会社の近くに新しく野菜メインのお弁当屋さんができたというので、伸樹と憲吾はそこでお昼を調達して、会社から少し離れた大きな公園に行くことにした。千鳥ヶ《ちどりが》淵《ふち》や皇居の周りほどではないが、昼休みを利用してジョギングをしている人が多くいる。今日は少し風が冷たい。

木製のテーブルの周りに備え付けの四人席があったので、そこに座ることにした。こういう状況に慣れていないので、どこに座ればいいか迷っていると、伸樹が「キタマユはここ」

と指定してくれた。そのおかげで、自然に座れた。

「外でお弁当なんて久しぶりだな〜」

「ノブと食べるとは思わなかったけど」

真由が言うと、「そんなあ」と仲樹は大げさにずっこけた。こういうところ、全然変わってない。

「そうだよ、二人で食べようと思ったのに」

憲吾がからかうように言うと、仲樹は情けない顔をした。

そんな仲樹の仕草が以前とまったく変わらず、くすくすと笑っていると、「いつもそうやって笑ってたら、もっとかわいいのに」と憲吾に言われ、急に恥ずかしくなってうつむいた。

「もーらいっ」

その隙に、仲樹にお弁当箱をひょいっと取られた。

でも、仲樹のおかげで憲吾とこんなに親しく話すことができているのだ。少しぐらい許してやるか。

「じゃあ、そっちちょうだい」

真由は気安く、仲樹の持っているお弁当を指さした。

「ほいほい、やるやる。豆腐ドーナツも」

仲樹はお弁当箱を開けながら、自分の持っていた袋を渡してきた。そのやり取りを見ていた憲吾が「ダメだ、腹減った。いただきまーす」と手を合わせた。

次の瞬間、驚いたことに、憲吾が、仲樹が手にしている真由の手作り弁当に手をつけた。

「おまえばっかりずるいぞ」

「ああっ！」

仲樹の叫び声から少し遅れて、憲吾が「ウマっ！」と声を上げた。

「このごぼうサラダ、ごぼうの味がする！」

「それって当たり前じゃ……？」

「池ちゃんも食べてみ」

憲吾は仲樹を親しげに「池ちゃん」と呼び、ごぼうサラダを食べるように促した。

「わ、ホントだ！」

「え？」

「普通のごぼうサラダって、マヨネーズの味しかしないんですよね」

「そーそー。なのに、これ、ちょっと泥くさい風味もあるし、シャキシャキしてるし」

男二人で盛り上がっている。とりあえず真由の作ったサラダの味を憲吾に気に入ってもらえたようでよかった。

「真由ちゃん」

「は、はい！」

緊張して姿勢を正す。

「ぷぷぷ、緊張してやんの」

「うるさいな」と真由が伸樹に小さくつぶやくと、憲吾も姿勢を正した。

「もし、よかったら、なんだけど……日曜日、デートしない？」

「へ？」

「前に言ってたさ、ウーピー・パイ食べに行ってもいいし、別のところでもいいし」

「それはぜひ……」

すると、「来週の日曜日はどう？」と具体的な日程を挙げてきた。

「じゃあ、空けておきます」

本当にそんなことが実現されるのか半信半疑のまま、約束を取り交わした。

＊

ランチタイムの心持ちが変わった。

今まではルーティンの毎日を変えたいがためにランチで外出していたけれど、あまりそういうことは気にならなくなった気がする。その時々の気分で動けるようにもなった。ほかの人から見たら当たり前なのだけれど、真由にとっては大きな前進だ。

今日はカフェでランチでもしようかと一人でぷらぷら歩いていると、「青山5丁目レンタル畑」ののぼりが目に飛び込んできた。

最近、憲吾とのことに浮かれてしまって、すっかり忘れていた……！

予定を変更し、コーヒーショップでサンドウィッチとコーヒーを買い、ビニールをぶら提げたまま、恐る恐る畑に行ってみた。周囲の畑は最初の頃とは様変わりしていて、いろいろな作物が生命力豊かに育っていた。

自分の区画に行っても、はつか大根は所せましとびっしり並んでいたし、水菜も茎が太く、空に向かってぐんぐん伸びている。ちょっと窮屈そうにも見えたけれど、これだけ育っているし、毎日水をあげなくてもいいと言われたし、大丈夫かと少し安堵する。

美菜子にもらったマニュアルには間引きをした方がいいと書いてあったっけ。でも、次回でいいかな。

ウッドデッキのところにあるテーブルで、ＯＬさんらしき人がごはんを食べていた。真由も一つおいたテーブルに座り、サンドウィッチのビニールをぴりぴりと開ける。今度から、自分の作った野菜をパンに挟んだりできるかもしれない。そんなサンドウィッチを作ったら、きっと憲吾は喜んでくれるだろう。

そう思うだけで、ふわふわと幸せな気持ちになれた。


【祥子】


「今日は青山5丁目レンタル畑の開園式まつりです。青山の素敵な土地にある畑をシェアしたので、家族で行ってきます！　地産地消というのか自給自足というのか、自分で作ってそれをお料理に活用するということに、とても憧れていました。自分で作ったお野菜なら、素材の味そのものもいかせるし、子どもたちの食育にもつながるかな〜と思います。成長日記をつけていきますので、お楽しみに〜」

ここまで書いて、家族四人分の長靴を撮影した写真をアップした。全員色違いのハンターの長靴で揃えてみたのだけど、なかなか気に入っている。

簡単な結束式が行われたあと、区画が発表された。

希望どおり、子どもたちが選んだ真ん中の列の端の区画Cに、「新井様」と小さな札が立っている。

祥子は息子たちと夫を呼んで、その札の前でポーズをとらせた。

「なんだよ、観光じゃないんだから」

幸治は仕方がないなあという表情をしつつも、自分もスマホを取り出し、子どもたちを自分の区画の前に並べ、こんもりとしたまっさらな土の写真を撮った。

息子たちの肩越しに一人で来ているＯＬさんらしき人の姿が見え、祥子は口をつぐんだ。自分にもあんな一人の時間があったなと思い起こす。あの頃と今、どちらが幸せかと問われれば、今と答えるだろう、きっと。そうありたい。

祥子は写真を撮るのを止め、しゃがみ込んで、そっと土を触ってみた。これから簡単に農家の方から説明を受け、その後は、さっそく、実際に土をいじっていくらしい。

とはいえ、どうすればいいのかわからず、きょろきょろしていると、スタッフの美菜子が農具を持って近づいてきてくれた。

「新井さん、ここの区画、ラッキーですよ。こんもりしてるでしょう？　実は、いくつかだけ、すでに苦土石灰を混ぜてあるんです。ちょうど一週間ぐらい経ってますから、もう植えられますよ」

美菜子はいたずらっぽく笑うと、「まずはジャガイモだっけ？」と子どもたちに聞いた。

「うん！」と二人は飛び上がらんばかりに答える。

開園式まつりの前、管理人の河田に「何が食べたい？」と聞かれ、息子たち、とくに颯真が「ポテトチップス……」と答えたのだ。友達の家でごちそうになる以外は、スナック菓子をあまり食べさせない。だから、自分で育てたジャガイモをスライスして作る自家製ポテトチップスなら、文句は言われないと思ったのだろう。

でも、それはそれでいいかもしれないと祥子は、特に反対しなかった。

「よし。じゃあ、持ってきますね。どんな種類がいいとか、ご希望はありますか？」

「えっ、種類って？」

初めて幸治が興味を示したかのように、美菜子に尋ねた。

「男爵とかメークインとか、そういうのありますよね。私もよく知らなかったんですけど、料理によって、合うジャガイモがあるんですって。だから、種イモも定番のものから、サラダ向きのアンデスレッド、濃厚なインカのめざめなどもご用意してますよ」

「へええ」

幸治が感心したように頷くと、横から涼真が「それ全部じゃダメ？」と聞いた。涼真は自分で選べない時に、「全部少しずつ」という言い方をすることが多い。こういうところが下の子特有の甘えであり、かわいらしいところだと思う。

「オッケー！　じゃ、一通り持ってくるね」

美菜子は視線の高さを涼真に合わせて言った。

「すみません、なんだか勝手なことを……」

何か規定があるのではないか、スタッフさんの手を煩わせているのではないかと気が気でなく、頭を下げる。

「いえ、全然！　むしろ、いろいろ試してもらって嬉しいです。今、準備してきますね」

美菜子はエプロンをパタパタさせながら、小屋の方へと走っていった。

しばらくやることがなくなってしまったので、ほかの区画がどんなものを植えているのか気になり、きょろきょろしてみたが、本当に最初の工程をやってもらえたのはラッキーだったようで、苦土石灰を混ぜて、畑を耕し始めたばかりの人が多かった。

青山という土地柄なのか、いかにも菜園や農作業を楽しみそうな老夫婦よりも、ＯＬ風の女性の姿が目立つ。学生さんなのか、河田の説明を聞きながら、熱心にメモをとっている青年もいる。皆、どのような目的でここにやってきているのかが気になってしまう。

「お待たせしました〜」

その時、美菜子が両手にビニール袋を提げて戻ってきた。中から網に入ったジャガイモを取り出していく。

「何これ、ジャガイモじゃん」

颯真と涼真に続いて、幸治まで「わ、ホントだ」とそれを手にとって眺めていた。

「見た目だけだとわかりにくいですけど、一応、これ全部、種イモなんです」

「種イモ……？」

ジャガイモは、種や苗から育てるのではなく、「種イモ」と呼ばれる、見た目はジャガイモと何ら変わらないものを土に埋めていくのだと美菜子は教えてくれた。

「私もまだ、この種イモから芽が出るのかどうか、実際は見たことないんですけどね」

「じゃあ、でっかい種だと思えばいいんだ」

涼真がジャガイモを手にしながら言った。兄の颯真に比べ、好奇心が旺盛な涼真は屈託なく野菜作りに興味を持ちそうな気がした。二人のうち一人でもいい、どちらかが興味を持ってくれれば、「子どもと一緒に畑を楽しんでいる主婦」というイメージに近くなる。

「はい、では、颯真くんに切ってもらいます」

「えっ？　ぼく？」

美菜子に突然指名され、颯真は戸惑っている。そうそう、この子は小さい頃から初めてのことや突然のことが苦手だ。けれど、美菜子は構わずにテキパキと手を動かしている。こういう子どもの巻き込み方は、嫌いではない。

「種イモは半分に切って使います。芽の部分が均等になるようにしてね。包丁持てる？」

美菜子が「いいですか？」と目で合図してきたので、祥子は小さく頷いた。美菜子はそれを確認してから、颯真に果物ナイフを手渡す。

「じゃあ、涼真くんに芽の数を数えてもらおうかな」

種イモを渡されると、涼真は慎重にそれを回しながら、「一、二……」と数えていった。

「九個！」

「ありがとう。じゃあ、それが四個と五個になるように、颯真くん、切ってみて。真ん中はこの辺りかな」

美菜子に言われ、緊張した面持ちの颯真だったが、意外と器用な手つきで、ストンと種いもに包丁を入れた。新鮮なジャガイモと同じような白い断面が現れる。それは本当にみずみずしく、キラキラと輝いて見えた。

涼真が数え、颯真に渡す。颯真は美菜子と一緒に、どこをどう切るかを確認して、包丁を入れていく。祥子と幸治は並んでそれを黙って見守っていた。特に会話はなかったけれど、こんなにゆっくりと穏やかに、二人で子どもたちを見つめたのは久しぶりだったかもしれない。それだけでも、畑をレンタルしてよかったと思えた。最初こそ興味がなさそうにしていた夫だったけれど、彼も彼なりにいろいろと考えて行動してくれるのかもしれないと、あらぬ疑いを持って携帯を盗み見たことをちょっぴり反省した。

「はい、おつかれさま」

目の前に四つのボウルが置かれている。その中に、半分に切られた少しずつ色の違うジャガイモが入っていた。

「では、次は実際に植えていきます。その前にお父さんとお母さんは、畝《うね》を作りましょう」

美菜子はすっかり先生のように、つきっきりで指導をしてくれている。我が家だけで彼女を独占してしまうのも申し訳ないので、すぐに「やってみましょ」と誘い、「どうやってやるんだ？」と周りを見ている幸治を促した。

「ジャガイモは水はけをよくした方がいいので、プリン形をイメージして、山を作ってみるといいかもしれません」

幸治が溝を作っていき、祥子は、掘り起こされて行き場のないその土を真ん中に盛り上げていった。一瞬、持ってきたビニール手袋をつけようかどうか迷ったけれど、一回、土を触ったら、その生温かさが気持ちよく、汚れることなど気にならなくなった。

小さな区画だけれど、二本の畝を完成させた。ここに四種類のジャガイモを植えていく。

「はい、じゃ、次は……」と美菜子が今度は、小さめのビニール袋を出し、ジャガイモの切り口をその中の灰に、ちょんとつけた。

「これは、切り口が水分で腐らないようにするための灰です。これをつけてから、ジャガイモをそこにおいて、上から土をかぶせてください」

「うわー、きったねー」

「ぼこぼこじゃん」

颯真も涼真も言葉は悪いが、表情はイキイキとしていたので、何も注意はしなかった。まるで泥遊びをしているかのようにペタペタと土を触っている。盛り土をするのはなかなか難しいから、ただ子どもが砂場で遊んでいるようにしか見えない。

「ご家族で畑作業なんていいですね」

見学会の時にも見かけた、今回、隣の区画の鈴木恵理子が話しかけてくれた。四十代から五十代くらいなのか、飾り気がないのに地味ではなく、充実しているんだなと思わせるような、内面からにじみ出てくる輝かしさがある。

「騒がしくてすみません。よろしくお願いします」

「いいのいいの。元気いっぱいの方が楽しいし。今、子どもたちに土を触らせない人が多いんですって。汚れはもちろんだけど、バイ菌とかやっぱり気になるからって。でも、逆に土と触れるのは、心にもいいっていうのにね」

話をする前は、自分と関係のないカテゴリーの人とは交流しないというような、殻を作るタイプの人かと思ったけれど、実際に話すと気さくな人だった。ここは農具レンタルができるけど、どうやら自分のものを持ってきているらしいので、きっと野菜作りには詳しいのだろう。仲良くしておくことに越したことはない。

「子どもたちの反応、けっこう気になってたんですけど、楽しそうでよかったです。あのスタッフさん……江藤さんもいい方で」

「そうね、美菜ちゃんは気さくだよね。でも、あっちの管理人さんはちょっと愛嬌が足りないけどね」

それは河田のことだろう。祥子は恵理子と顔を見合わせて笑った。

「初めて植えたジャガイモと一緒に、家族の気持ちも少しずつ育っていけばいいな」

祥子はその日のフェイスブックをそんな言葉で締めくくった。

＊

「畑をレンタルする」とフェイスブックにアップした時、知らない人からもけっこうコメントをもらった。「食育だけでなく、情操教育になるのでは」「さすが。塾では教えられない生きる原点ですよね」などと言われ、照れくさくも、これでよかったのだと心のどこかで安堵する。

その後、順調にジャガイモの芽は出てきているし、あとから植えた水菜やほうれんそうも、わずかだけれど芽が出ている。それを子どもたちもとても楽しみにしているようだったし、幸治も、『やさしい園芸』というような本を子ども向けに買ってきたこともあった。

しかし、それも長くは続かなかった。

開園式まつりから数回は、休日になると家族揃って青山まで繰り出していたけれど、その後は夫が「仕事が忙しくなった」という理由で、立て続けに行かれない日が続いた。

祥子は運転ができないので、必然的に二人を連れて電車に乗ることになる。最初こそ珍しがっていた子どもたちだったけれど、だんだんと飽きてきたようで、億劫がるようになった。

「え〜、今日もお父さん、行かないの？」

涼真がふてくされる。颯真はさすがに何も言わなかったけれど、うらめしそうな表情で幸治を見上げていた。

「ごめんな。ここのところ忙しくてさ、土日も出勤しなきゃいけないんだ。おまえたちは頑張って、お母さんの手伝いをするようにな。今日の夕方には帰るから」

幸治はそう言って、いかにも休日出勤というような、綿のラフな紺色のジャケットとベージュのチノパンで出かけていった。

「じゃあ、今日はお昼、青山で食べようか」

「ホント？　外食？」

颯真と涼真は文字どおり、飛び上がらんばかりに喜んだ。いつもすべて祥子が作ることもあり、我が家ではあまり外食をしない。あるとすれば、子どもたちのおじいちゃんやおばあちゃんと出かける時ぐらいだ。とはいえ、子どもたちの入学など、何かお祝いごとの時は、祥子が自宅に呼んで手料理を振る舞うということが多くなっていたから、子どもたちは、それがラーメンやファストフードであれ、母親の作らないものを食べる友達をいつもうらやましがっていた。

畑に行く時は、いつもお弁当を持っていっていたし、今日ぐらいはせっかくだから、青山を満喫してもいいのではないかと思ったのだ。

「でも、ちゃんとお野菜も食べなきゃダメよ」

念を押すと、「はーい」と「ちぇっ」という返事が重なった。

調子のいい声で「はーい」と答えたのは、次男の涼真だ。子どもたちは二人とも好き嫌いは少ないが、どちらかというと次男の方が野菜に抵抗はない。

颯真は、ジャンクな食べ物に憧れているのだ。いつも手作りおやつばかりだから、炭酸ジュースを飲みながら、スナック菓子を食べるのが夢だと、先生との交換ノートに書いていたのを見たことがある。それに対する先生の返事は、「お母さんがおやつを手作りしてくれるなんて、そんな幸せなことはないと思うよ」というものだった。だから、少しは誇らしく思ってくれているだろうか。

でも、成長するにつれ、母親の料理ばかり食べているのはイヤだという、そんな思いを強めていることは間違いがない。ただ、涼真と違って、自分の思っていることをあまり口に出せないタイプだから言わないだけだ。そして祥子自身、それをいいように利用してしまっている。

食べ物でつって畑に連れて行くなんてなんだか情けない。

そう思うと、祥子の足は重くなるばかりだった。駅に着いてからも、以前のようなわくわく感はまったくなく、おしゃれだと思っていた街並みも灰色に色あせた作り物のようにしか見えない。

ぴょんぴょんと跳ねるように歩く涼真の屈託のなさに救われる。そうでなければ、明らかに自分だけが空回りしているような気がする。

畑への角を曲がろうとした時だ。

「あ、お父さん！」

涼真が向こう側に駆け出しそうになるのを、かろうじて手をつかんで止めた。見ると、信号がチカチカしていた。

「ねえ、今、お父さん、腕組んでなかった？　男の人と」

横で冷静に見ていた颯真が大人びた口調で言う。

「えっ？」

通りの向こう側を見たが、幸治の姿は見えなかった。しかし、「組んでた！　髪の長い背の高い男の人だったよね。やばいよやばいよ」と涼真が調子に乗ってはやし立てた。

「まさか！　見間違いじゃないかしら？　そうよ、きっと。だって、お母さんには見えなかったもの」

慌てて二人の言葉を打ち消し、笑い飛ばした。

でも、実は内心で、何か得体のしれないものがもやもやと広がっていくのがわかった。夫の浮気疑惑が確信に変わっていく。きっと、あのボッテガのバッグだって、きっと彼女に――いや、ちょっと待って。涼真も颯真も「男」と言っていなかった？　男？　ええっ、男？

何が何だかわからなくなって混乱してしまった。髪が長くて背が高い男と言っていた。もう一度、子どもたちに聞き返して確認したいけれど、それも変な気がする。

きっと何かの間違いに決まってる。そう信じているのに、打ち消そうとしてももやもやはどんどん膨らんでいくばかりだ。

畑に到着しても、さっきのことが頭から離れない。その姿を見ていないはずなのに、妄想ばかりが広がっていく。どうしてこんなことになっちゃうんだろう。

結局、その日も次の日も、帰ってきた夫に何も問いただすことはできなかった。しかし、これからもそんな勇気なんて出そうもない。もし追及して、離婚するなんて言われたら？子どもを抱えてどうやって生きていけばいいのか。それに、我が家は幸せ家族と言われているんだから。その絵に描いたような幸せが崩壊したと後ろ指を指されたくなんてない。

でも、数日経って、追い打ちをかけるような出来事があった。

クリーニングに出すため、コートを幸治のクローゼットから出そうとしたら、この前とは別の紙袋が奥の方に隠すようにして入っていたのだ。見てはいけないと思いつつも、手が動いてしまう。

そこにはロングのウィッグが入っていた。

やっぱり見なければよかった。祥子はため息と共に、その紙袋をクローゼットの奥に再び押し込む。

颯真の「男の人と腕を組んでいた」という言葉がよみがえってくる。

ウィッグがあるということは、やっぱりそういうことなのか？

そういう趣味の人がいるというのは聞いたことがあるし、偏見はないつもりでいる。けれど、実際、それが自分の夫となると、思考は停止してしまう。

もともとそういう趣味を持っていたのか、それとも祥子に女としての魅力が欠けているから求めてしまうということなのだろうか。

髪はロングにしていて、普段、出かける時には巻いているし、つやつやに保つ努力もしている。料理が好きだから、あまり爪は伸ばさないし、ネイルもどぎつい色や大きなストーンはつけないけれど、指先の手入れは怠らないし、磨いてもいる。

ならば服装？　どちらかというと、シンプルだけど上質な素材のものを好んで着ている。もっと女性らしくフリルがついていたり、リボンがついていたり……というのが良いのだろうか。

それとも、純粋に私に女としての興味を失っただけ？

次の週末は、子どもたちが夫の実家に泊まりに行くというので、板橋まで送っていったついでに、一人で農園へと向かった。カットソーにガウチョパンツというような、微妙にカジュアルな格好で電車に乗るのは少しだけ気がひける。けれど、作業をするにはやはり動きやすい方がいいと、そのまま出かけることにした。

最寄りの駅に到着し、地上に出て歩いている時、かつての後輩を見かけた。当時はおしゃれにしか興味がなくて、仕事は腰掛け程度ですというような態度だったけれど、その時の印象とはだいぶ違っている。高級そうなスーツをさりげなく着て、それに負けないくらいの凜としたイメージを保っていた。

それに比べて、自分はどうだろう。仮に、日々の生活に趣味という彩りを与え、フェイスブックで発表しているリア充主婦には見えるかもしれないけれど、それ以上では決してない。自立した女ではないことが夫をあのような趣味に走らせる原因になっているのか。

そんなことを考えているだけで、どんどん足取りが重くなっていく。つい数週間前は、家族全員であんなに楽しくジャガイモを植えていたのに……。美菜子たちが先行して耕してくれた畑も、小さく芽の出たジャガイモもすべてがうらめしかった。

「もう芽が出ましたね！　やっぱり早いなー」

明るい声がした。振り向くと美菜子が立っている。本当にこの人の笑顔はキラキラしている。でも、今日の祥子にとってはまぶしすぎてまともに話せる気がしない。

「あ、こんにちは……」

かろうじて声を出す。

「今日はおひとりなんですね」

「ええ」

「間引きも土寄せもまだ大丈夫そうですからね。颯真くんと涼真くんの手を借りるまで、あと二週間くらいは――」

「あの……」

祥子は思い切って、切り出した。

「この畑……途中でキャンセルってできますか？」

「キャンセルといいますと……？」

美菜子はきょとんとしている。それはそうだろう。すでに種も植えて芽も出ている畑を投げ出すなんて、普通では考えられない。

「ちょっといろいろあって……」

祥子が遠慮がちに言うと、「あっ、そうですよね。すみません、できるにはできますけど、でも……」と美菜子は申し訳なさそうな顔をした。

すると、河田が聞いていたのか、「もったいないですよ」と口を挟んできた。

「引っ越しなど特別な事情があるなら仕方がありませんが、入会金と最初にお支払いいただいた三カ月分の会費はお返しできないんです。もしお時間があったら、今、植えてるジャガイモの収穫だけでもしたらどうですか？」

「そうですよ。お子さんたち、楽しみにしてたじゃないですか！」

美菜子も河田の横から言った。

「……ですね。ひとまずそうします」

やっぱりダメだよねという思いで祥子が答えると、「あー、よかった！　楽しみましょう」と美菜子が小さく手を叩いた。

「たまにはいいこと言うんですね」

「は？　別に思ったことを言っただけですけど」

「でも、楽しみですねー、収穫」

「それはまあ」

河田と美菜子が小声で言い合うのを、祥子はぼんやりと聞いていた。目の前では青々としたジャガイモの葉っぱが小さく揺れていた。

夏

【美菜子】


「あれ？　今日はおでかけですか？」

鈴木恵理子に声をかけた。彼女はこの畑の募集開始後すぐに、「一人で借りてもいいですか？」と問い合わせをしてきた女性だ。申込書によると、年齢こそ五十代の大台に乗ったようだが、実際に会ってみると、彼女は四十代の前半か、光の当たり具合や加減によっては、三十代に見えなくもない。

そうかといって、童顔というわけでもないし、無理に若作りをしている様子もない。とにかく、力の抜けた自然体な雰囲気がとてもよいのだ。農業のことにはとても詳しい感じなのだけれど、無知な美菜子をバカにするでもなく、いつもいろいろなことを教えてくれる。こんな上司がいたら、気持ち的に楽だろうなと思える人で、美菜子はひそかに憧れていた。

そんな彼女は、いつもサロペットにTシャツといったシンプルなスタイルだが、さりげなく高級ブランドであることはチェックしている。

それが今日は、シフォンのブラウスとシルバーで光沢のあるフレアパンツ、ヒールのあるパンプスを履いていた。

「近くにタオル専門店がオープンしたのよ。うちの商品もかなり扱ってくれてるから顔を出してこようと思って」

恵理子は老舗《しにせ》タオルメーカーに勤めている。「何でも屋」なのだと自分のことを称するように、営業から販売、企画までいろいろな部署から重宝がられているらしい。

「そうなんですね。とっても素敵です」

「ありがと。美菜ちゃんのおかげ。さっそく更衣室、使わせてもらっちゃった」

「よかったです。暑くなかったですか？」

「うん、扇風機がいい感じだった」

更衣室がほしい――この青レンが始まってから、そんな要望が多く出た。美菜子は河田がいない時に丸太小屋などでちゃちゃっと着替えていたが、会員さんはそうはいかない。特に暑くなってくると、「着替えてから帰りたい」という声が多くあったので、美菜子が毎週の本社での会議の時に、それを提案した。

「どうして始まる前に、一度に環境を整えなかったんだ。予算組みが変わってくるだろう」と上司からはぶつくさ言われたけれど、企画自体はすんなり通った。河田に伝えても「そうですか」と言うだけだったので、勝手にやらせてもらった。そして、丸太小屋の裏に、市民プールなどにあるような、簡単だけど鍵のかかる更衣室を作ってもらったのだ。しっかりドアを閉めてしまうと風が通らないので、美菜子の案で各個室に扇風機を設置し、風にあたりながら着替えられるようにしている。

「ね、美菜ちゃんってお休みある？」

「ええ、あるにはありますけど……」

「土日は難しそうだから、平日でいいんだけど、買い物に付き合ってほしいんだ」

「買い物？　私、センスないですよ」

「謙遜、謙遜。そんなことないのはわかってるから。弟の嫁がもうすぐ誕生日でね。ちょうど美菜ちゃんと同じくらいの歳なのよ。ついでに食事もしたいな、なんて」

恵理子は声を潜めてくれたけど、「もちろん――」と返事をしかけた時に、恵理子の向こう側にいた河田と目が合った。

「え」

美菜子の視線に気づいた恵理子が後ろを振り向き、河田を認めると、「あれ？　個人的に誘っちゃダメ？」と尋ねた。

「いや、別に構いませんよ」

河田がぼそっと言うと、「あ！　河田くんも行きたい？」と恵理子は手を打った。

「べ、別に興味ありません」と河田は愛想なく言って、美菜子に「ところでシャワールームの件はどうなってます？」と聞いてきた。会員さんには「これでもか」というぐらいいい顔をするのに、美菜子には相変わらずの態度だ。仲良くしているせいもあってか、恵理子にも容赦なく意見することがある。もちろん恵理子は大人だから受け流すのも上手だし、気にしているふうもないけれど。

シャワールームの件は会員さんに意見を聞いて回っている。そのつど河田にも報告しているつもりではあるけれど、今ここでわざわざ言わなくても。

「ちゃんとやってます」

更衣室と扇風機だけでは流れる汗を止められない。だから次の会議では、シャワールームを男女一つずつでも設置しようと提案するつもりでいた。

「早くしないと、ポシャりますからね」

丁寧なんだかそうでないんだかわからない言い方をして去ろうとする河田の背中に、「恵理子さんにアメニティの相談に乗ってもらいますね！」と言った。

「何でもいいです、間に合わせてくれさえすれば」

河田は少しだけこちらを振り返ると、美菜子の顔も見ずにそう言って、行ってしまった。

「なんかすいません。あ、でも、本当に相談に乗っていただきたくて」

向き直って、一部始終を見ていた恵理子に言うと、「それはいくらでも乗るけど、あの調子じゃ、河田くん、アメニティの意味、わかってなかったよね」と笑った。

「えー、やっぱりそうでしょうか」

もうかれこれ半年、彼と仕事をしているが、美菜子はいまだに理解できないでいる。


次の週、恵理子と自由が丘で待ち合わせをして、誕生日プレゼントを買いに行った。最近、義理の妹さんが子どもをほしがっているということだったので、健康にいいものを選ぶことにした。

その観点で雑貨店を巡っていたら、二人同時に「これ！」と声を上げたものがあった。シンプルなシルバーのミキサーだ。しかも、ガラスボトル。これなら毎日のスムージー作りもお手入れも簡単だ。もちろん調理にも使える。プレゼントする時には恵理子が収穫した野菜をつけることにした。完全に健康志向といえるこの製品は若い女性にも流行っているらしい。

「やっぱり付き合ってもらってよかった」

トマトをメイン材料にしたメニューが並んでいる店に入り、あれもこれも食べたいときゃあきゃあ言いながら注文してから、恵理子はそんなふうに言ってくれた。

「こちらこそ！　すごく楽しかったです。最近、家と青レンと会社しか行ってなかったし」

「そっかー。デートとかはないの？」

「ぜんぜん。今、彼氏いないし」

「えっ、ホント？　ホントにホント？」

恵理子はそう言うと、身を乗り出してきた。

「はい。残念ながら」

「じゃあ、今はそういう時なのかもね」

「えっ？」

「ホラ、よくあるじゃない？　何をやってもしっくりこない時。そういう時にじたばたしても空回りするだけだと思うのよね」

「ホントにそうですね」と美菜子は頷いた。

どんなに自分が前に進もうと思って、頑張ったとしても努力が報われないのはもちろん、どんどん八方塞がりになってどうにもできないことだってある。逆に大きな目標ばかり持っていても、その思いだけが一人歩きをしてしまうことさえある。

「空回りしてる時って、ホント、ハムスター状態じゃない？」

「ですねー。ま、今は仕事しなくちゃなんですけど」

けろっと答えると、「そんな美菜ちゃんにまたまたお願い！」と言って、恵理子が手を合わせた。

「合コンに出てくださいっ！」

「へ？」

どういうこと？　つまりこれは一緒に合コンに出てほしいということなのか。

「いやいや、私は出ないの。興味ないし」

「そんな……どうしてですか。とても素敵です。憧れてます」

すると、恵理子は「ないないないない」とまるでお笑い芸人のように顔の前で手を振った。

「母はね、こんな娘を持っちゃったこと、いいかげん諦めてくれてるんだけど、親戚連中がうるさくてね。お見合い断ったら、『じゃあ、自分で探せるのか』って。私も大人げないから、『もう結婚はしない！』って言いきっちゃって」

「なるほど」

その様子が簡単に想像できたので、美菜子はのけぞって笑った。

「でも、それとは別に、周りから合コンをセッティングしてほしいって頼まれるの。だから、お願い」

恵理子が頼られキャラなのはわかる。実際、美菜子も無理やり良美に誘われたあの鍋コン以来、合コンは出ていない。どう返事をしたものか躊躇《ちゅうちょ》していると、「気になる人でもいる？」と恵理子は鼻にしわを寄せた。

「えっ？」

「河田くん」

「ええっ？」

声を出してから、それが思いがけず大きかったことに気づき、美菜子は肩を小さく丸めた。

「え、違うの？　いい雰囲気だと思ってたんだけど」

「ぜんぜんぜんぜん、ぜんっぜんです」

美菜子は首をぶんぶんと振った。

振っても振っても、アイツの顔は振り払われない。なぜか迫ってくる感じさえする。

「あんな変人、誰が……」

「変人かー。そうは見えないけどね。意外と常識人だと思うよ」

その時、イベリコ豚のローストが運ばれてきて、恵理子はふっと押し黙った。添えられたソースとプチトマトがキラキラと輝いている。

「食べよっか」

恵理子に促されて、ナイフを入れる。ビネガーソースの香りが鼻をくすぐった。

さっきの話の続きをした方がいいのか、考えあぐねていると、恵理子が再び口を開いた。

「兄弟いる？」

「あ、弟が」

「あー、なんか、ぽいね。私ね、兄と弟に挟まれた真ん中の子なんだ。小さい頃からお兄ちゃんのおさがりばっかり着せられていたし、それを疑問にも思わなかった。だから、制服以外でスカートをはくのが変な感じがしたんだよね」

「あ、それ、わかります。私の弟は逆にピンクばっかり着せられてましたから」

タイのカルパッチョをつつきながら、美菜子は言った。

「そうなんだ。下の子の宿命なのかもなー。しかも、私、今で言うリケジョっていうか、ノケジョ？　のハシリなのね。当時は学部にも女の子が超少なくって。そんなだから、周りの男子から『おまえが男だったらなー』とか言われて。私もそれに応えようとするから、結局、ガハガハ系で『いい友達』で終わっちゃって。ずーっとそんな」

「男性からも女性からも信頼されてるってことじゃないですか。ある意味、男女平等だし」

「そうなのかなあ？　でも、そのおかげでこんなキャラになっちゃった」

美菜子はフォークを置いて、真面目な顔で言った。

「恵理子さん。恵理子さんは素敵ですよ、とっても。だから、そんなふうに言わないでください」

しかし、恵理子はそれには答えず、「合コン、考えておいてね」とワインをビールかのように、のどに流し込んだ。

＊

「で、行ったんですか？　合コンとやら」

二人で農園を閉める準備をしている時、河田が言った。昼間は強い太陽の光が降り注いでじめじめしているが、夜は風の通りがよいからということで、通常六時までの営業を九時に延ばした。これなら、仕事を終えてから来ても、涼しい中で作業ができる。

「行きましたよ。気になります？」

「べ、別に。俺は、そういう魂胆みえみえの集まりには興味ないんで」

「あ、そうですか。いいんじゃないですか？　そういうのと無縁な生活っていうのも」

美菜子がぺろっと舌を出したところに、恵理子がやってきた。

「あ、恵理子さん！」

「ごめん、もう閉めちゃうよね？　仕事がなかなか終わらなくって」

また仕事でどこかに行ってきたのか、ジョーゼットの半袖のセットアップを身につけている。ネイビーがとても上品だ。

「全然いいですよ。っていうか、指示してくださったら、私やりますから。ねえ？　河田さん？　いいですよね？」

美菜子は河田を振り返った。

「明日の朝、『鍵忘れたー！』とか言わなければ」

河田は無表情に戻って言った。

「あ、そうだ。美菜ちゃん、タラソテラピー興味ある？」

「へ？」

「実はタラソテラピーとアロマ体験のチケットもらったんだけど、行かない？」

「え！　いいんですか⁉」

三十歳が見えてきてから肌の調子が気になって仕方がない。けれど、エステはなんだかんだと高額になるというウワサを聞いて、そのままにしていた。かといって、どこがぼったくりでないか調べるほどの執着心はなかった。

「タオルキャンペーンでもらったんだけど、ほら、私、こういうキャラじゃないから」

「キャラじゃなくないですよー。一緒に行けるんだったら行きましょうよ」

美菜子は言ったが、恵理子は聞く耳を持たない。

「いいっていいって。美菜ちゃんみたいな子が行くべきだと思うしね」

そんなことないと言おうと思ったが、恵理子がやたらと盛り上がっていたので、その言葉は飲み込んでしまった。


八月の終わり。

最近の会社員は夏休みがバラバラだけれど、一応、区切りということもあり、最終日曜日に会員さん対象にプチバーベキューを企画した。別に本社に対して許可をとるでもない、簡単なやつだ。美菜子は家の近くのスーパーで棒付きのウィンナーだけをありったけ買ってきていた。「ウィンナー焼きませんか？」と作業に来ていた人に休憩がてら声をかけただけなのに、けっこうな数の人が参加してくれた。しかも、それぞれ収穫した野菜を持ち寄ってくれたから、かなり盛大なお昼ごはんだ。

ただ肝心の河田の姿がない。

何だか資料を車から取ってくると言ったきり、かれこれ三十分は経っている。早く炭をおこしてほしいのだけれど、こうなったら仕方がない。自分でやるかと美菜子は、着火剤の裏に書いてある説明書きを読み始めた。

まったく人になんだかんだ言うくせに、肝心の時にはいないんだから……。

「江藤さん、俺やってあげるよ。貸して」

「散歩がてらにね」といつもご夫妻で歩いてくる榎本さんのダンナさんが代わってくれた。どのあたりに住んでいるのか詳しく聞いたことはないけれど、定年退職をしてから夫婦で好きなことをしようと決めたのだといつか話してくれた。こまめに畑に顔を出すから、美菜子と話す機会も多い。いずれ小さな喫茶店を始めるのが今の夢なんだと言っていた。

「わ、ありがとうございます！　もうすぐ河田も戻ってくると思うんですけど……」

美菜子が辺りを見回したちょうどその時、河田が姿を現したかと思うと、クーラーボックスをどんと美菜子の近くのテーブルの上に置いた。

「肉です」

「え？」

そっけなく言って、彼は丸太小屋の方に歩いていってしまった。肉という言葉につられ、そのクーラーボックスを開けると、様々な種類の焼き肉用の肉が詰められていた。

「すごい……」

美菜子の声に、皆、集まってきてクーラーボックスを覗くなり、「おー！」と拍手をする。

「私、お皿の準備してきますね。榎本さん、申し訳ないですけど、火、お願いしていいですか？」

「はいよー」

着火を榎本に任せ、この肉の予算がどこから出たのかと河田を追っていくと、彼は恵理子と話をしていた。

「やるじゃない。差し入れなんて。もちろん自腹なんでしょう？」

自分の畑でししとうを収穫していた恵理子が、手を止めずに言った。

「はい。……なんというか、キャラじゃないことしたくなって」

「え？」

恵理子が立ち上がる。

「……僕、どんな感じに見えますか？」

「そうねえ。まじめそうで、できそうで……、正直言えばちょっとカタブツな感じ？」

カタブツという言葉を、恵理子はからかうように言った。

「ですよね。そのとおりだと思います。合コンとかはあまり好きじゃないし、そもそも飲み会が好きじゃないです。肉食キャラでも草食キャラでもなくって、かといって、オタクに走るような極端なこともないんです」

「うん。だと思う。ごめんね、遠慮がなくって」

「いいえ。自分でもそう思いますから。それに、あんまり人にも興味がないと思ってたんですよね。自分で」

「そうだろうね。あんまりコミュニケーション上手には見えない」

恵理子は腕組みしながら頷いた。河田も「ごもっとも」というような表情を崩さない。

「知ってます？　ニンジンってある程度葉っぱが大きくなったら、見た目の変化はないんです。でも、土の中では着々と大きくなってるんですよ」

「は？　何の話？」

「だから、ニンジンです」

「はぁ」

「ニンジンってあまり季節関係ないんで、一度作ってみてもいいと思いますよ」

恵理子の畑で育てている野菜の種類は意外と多い。いろいろ試してみて、そこから好きなものやうまくいったものを植えていこうというふうに決めたと話していた。でも、どういうわけかニンジンは作っていないようだ。

「ニンジンかぁ。あんまり得意じゃないんだよね」と考え込む恵理子の横顔を窺いながら、河田は話し続ける。美菜子は二人の様子が気になりつつも話に加わることができず、そうかといって、立ち去ることもできずにいた。

「おいしいニンジンの見分け方、知ってます？」

「あのぉ、会話が支離滅裂なんだけど」

「知ってます？」

「知らないけど」

「葉っぱがついてる芯の部分を見るんですよ。ここです」

　河田はニンジンを持ち上げ、いわゆるヘタの部分を見せた。

「ここがしっかりしている太いニンジンの方がおいしいと思うじゃないですか。でも、違うんです。きゅっとまとまっている方が、味が濃いんですよ」

「へえー。知らなかった」

「ですよね。意外と見た目の印象じゃわからないものなんだなって思いません？」

「まあ……」

「心の中で思ってることと、違うこと言っちゃったりしますよね」

「あるんだ、河田くんも」

「そりゃまぁ……」

「少しは素直になった方がいいと思うわよ」

　その時、こちらを振り返った河田と目が合ってしまった。ここではどこにも隠れることができない。

「あの、えと……ちょっとお皿を」

今、聞いた話が意外で、しかも急にこっちを向いたから、声が上ずってしまった。でも河田は顔色を変えることなく、「秋の収穫祭の企画書と、それから別展開のやつ、できました？　プチバーベキューばっかりやってるわけにはいきませんよ」と言い、行ってしまった。自分で肉を持ってきてくれたくせに。

「わかってます！」

美菜子は河田の後ろ姿に向かってアカンベーをしてやった。

「やーね、照れ隠し。さっきの、美菜ちゃんのことでしょう」

「えっ。そんなこと絶対ないです」

「どうかなぁ。絶対なんてこと、この世にはないと思うけど」

恵理子は鼻にしわを寄せて、美菜子の顔を覗き込んだ。心の中を覗かれた気がして思わず恥ずかしくなり、目をそらして、「恵理子さんもバーベキュー行きましょうよ」と誘った。話を変えたのに、恵理子はまだニヤニヤしている。

「ふーん」

「なんですか。今、お皿取ってきますね」

美菜子は丸太小屋に向かって走りながら、口元がほころぶのを感じていた。

【真由】

最近、妙に占いが気になる。

今までは全然そんなことなかったのに。というより、まったく見ようとしなかった。結果がよかったのに悪いことばっかり起きてしまったら、立ち直れそうにないからだ。基本的にその考え方は変わっていないのだけど、意識的に雑誌の星占いとか、テレビの今日の占いを見てしまう。

ちなみに今朝の占いの結果はまあまあだった。よくも悪くもない。十二星座中、七位。この中途半端な順位は、自分が突き抜けられないのをよく表しているように思えてしまう。

結局、憲吾とはまともに話せていない。

あれからたしかにデートらしきものはした。というか、一緒にお茶をしただけだ。結局、ウーピー・パイやパンケーキのお店ではなく、かき氷のお店に立ち寄り、ふわふわでもないし、話題でもない、屋台で食べるような甘いシロップがかかっているだけのやつを食べただけだった。しかも、急に憲吾に予定が入ってしまったこともあり、バタバタとお開きになり、連絡先を聞く間もなく、彼は海外出張に行ってしまった。もちろん、あちらから連絡が来ることはなかったけれど、二週間ほどして帰ってきたと思ったら、こっそり給湯室に呼び出された、そこで、皆のお土産とは違う小さなストラップをくれたので、とても戸惑った。

そしてそのまま、その意味を問いただせずにいる。


仕事を終えて外に出ると、まだまだ陽が落ちることが想像できないほど暑く、ぬるい空気が身体にまとわりついた。ここ数日、雨が降り続いていたこともあり、湿度が高い。夏、というより汗が苦手だ。早くさらりとした季節に戻ってほしい。そしたらいろいろなこと、忘れられるのに。

「うわっ、すみません」

考え事をしていたら、人とぶつかりそうになった。頭をペコリとさげ、立ち去ろうとすると、「オレオレ」と声をかけられた。伸樹だ。

「なんだ、会社戻るの？」

「いや、メシでも食おうかと思ってさ」

「ふーん」

「ふーんじゃなくて、おまえとだよ」

「え、私？」

「予定ある？」

「ないけど……」

「よし決まり」

行くと言っていないのに、伸樹は「串揚げ屋でいい？」と歩き出した。断る理由も特にないし、ついていく。

こういうシチュエーションに憧れはあった。でも、伸樹だと全然嬉しくない。憲吾さんだったらよかったのにな。

串揚げ屋のカウンターに並んで座る。お店の人が目の前で揚げてくれるタイプのところだった。実はこういう串揚げ屋は初めてだ。

相手が伸樹だと思うと、つい憎まれ口を叩いてしまう。

「っていうか、何で夏に揚げ物なわけ？」

一応、お店の人を気遣って小声で言う。

「バカだな、夏だから、だよ。野菜もいっぱいとれるし、デザートまである。ある意味、芸術だろ」

「そうなの？」

疑ってかかっていたけれど、そのお店は驚くほどおいしかった。海老や牛肉はもちろんのこと、アスパラやししとうも野菜の歯ごたえと甘みを感じる。トマトやバナナなど「こんなの揚げちゃうの？」というものまで次々に出てきた。どれも口の中にまろやかな香りが広がる。

「おいしい！　これ、家でも作れるかな」

「無理無理。この衣は大将秘伝らしいよ」

「そっか」

一瞬、家に憲吾を呼んで、串揚げパーティでもできないかな、なんて思ってしまった自分を恥じる。

「ね、お盆どうすんの？」

「うーん、帰ってこいって留守電には入ってた」

出たくなくて、いつも留守電にしてあるのだ。そしたら、母親の「親戚じゅう集まるんだから帰ってきたら？」という猫なで声が聞こえてきた。でも、切る間際の「わかった？」だけは妙にドスが利いていた。自分の言うことを聞かせたい時の声だ。

「そっか。帰んの？」

「まあね。おばあちゃんの法事とかもあるし……」

仲樹には母親が苦手であることは話せていない。

「夏休みはいつ？」

聞かれて、真由は首を振った。全社的な休みはお盆になるのだけれど、自分の夏休みはまだ申請していない。特に予定があるわけではないし、お子さんや家族がいる人を優先し、九月頃にひっそりとることにしている。

「なんだ、じゃあ、俺もお盆に実家帰ろうかな」

「忙しいんじゃないの？　手伝いは？」

仲樹の実家は民宿をやっているのだ。小さい頃、仲樹と一緒になって、よく宿泊客に遊んでもらったっけ。

「兄貴が継いでるしさ、俺が行ったって、手伝うわけでもないよ」

「そうなんだ。なんか、居場所ないね」

そうつぶやくと、「まあね」とノブは肩をすくめた。

＊

「真由ちゃん、東京の新聞社で働いてるんですってね？」

「えっ？」

実家の最寄り駅についたとたん、幼なじみの和美のお母さんに会った。そして、本当に唐突に言われた。東京とは違う、あまりの暑さに身体がまだなじんでいなかったせいか、うまく反応できなかった。けれど、否定する間もなく、「頭よかったものねえ。忙しいんでしょう？　お休みがとれてよかったわね」と勝手に納得して、去っていった。

きっと母親が自分の見栄から、そんなふうに吹聴《ふいちょう》しているのだ。ほかにどんなことを話しているのだろう。

今回は長居するつもりはないので、小さなボストンバッグにしたのだが、これから実家に足を踏み入れると思っただけで、鉛が入っている気がした。

やっぱりぎりぎりに帰ってきてよかった。

午後からの法事を終えたら、東京に戻ろう。そう心に決めた。

苦痛でしかない食事タイム。

何も聞かれないようにとりあえずお酌だけして回る。しかし、親戚が集まるたびに投げつけられる「いい人いないの？」「結婚は？」という言葉。「こんな時代だし、既成事実を作っちゃった方がいいわよ。そしたら反対できないもの」とあけすけにアドバイスしてくれる、どういうつながりがあるのかわからない親戚もいる。いまだに、父方の親戚なのか母方の親戚なのかわからないけれど、田舎だけに法事となるとわらわらと人が集まってくる。そして、母がどこまで真由のことを話しているのか、どこまで本当のことを言っているのかわからないから、どんな話に対しても曖昧に頷くしかない。

今もそうだ。「既成事実作っちゃいなさいよ」と言ったおばさんに対し、「ふふん」とごまかしていると、急に母が入ってきた。

「何言ってんの。うちの子、仕事ばっかりで、彼氏すらいないのよ」

「知らないのは親ばかり。ねえ？　真由ちゃんだって年頃だもの、彼氏の一人や二人……」

こっちに話を振られて、また曖昧に頷く。おばさんはそれを肯定と捉えたようだ。母の顔がこわばるのを目の端で感じた真由はその場を立った。

「さっきの聞いてないわよ。どういう人なの」

お寺からの帰り道、案の定、母に先ほどの話を根掘り葉掘り聞かれた。やはり、お寺からそのまま東京に戻ればよかったと後悔する。しかし、この暑い時期に一人で荷物を運ぶのは大変だから、手伝ってあげてと親戚に言われ、花やら果物やらを運んできたのだ。父は頼まれて、親戚を送り届けるために車を出した。

「私、これ置いたら帰るから」

母の質問には答えず、早口で淡々と用件だけ告げた。すると母も、「どんな人なの？　まさか同じ会社の人じゃないでしょうね。将来、幸せになるためなら、あなたの会社じゃ——」としゃべり続けている。

耳をふさいでしまいたかったけれど、両手が空いておらず何もできない。

と、家の前に人影があった。

「あら〜、留守にしていてすみません」

母の甲高い声が響く。外面はいいのだ、母は。

「お久しぶりです。おばさん」

「ノブ！」

見覚えのある丸顔が手を振っていた。いったいどうしたというのだろう。

「あらまあ、伸樹くん。え、もしかして彼氏って——」

母は言いながら、じろりとこちらを振り返る。

「え？　何言ってんの。違う違う違う」

こんなに思いっきり否定するのも伸樹に失礼だと思ったけれど、仕方がない。

「いや、キタマユが帰ってきてるかなって思って、覗いただけですから」

仲樹も普通にそう言った。「来てくれた仲樹と帰るから」と言い出す、ちょうどいいきっかけになったと内心、ガッツポーズをした。

けれど、母は「せっかくだからごはんを食べていけ」としつこいくらいに誘った。一度こうなったら、母親がひかないことは真由が一番わかっている。

すると、仲樹が真由の方を見て頷き、それから母に向き直って「じゃ、ごちそうになろうかな」と無邪気な笑顔を見せた。

「そうよそうよ。知らない仲じゃないんだから、遠慮しないで。さあさ、入って」

母について家に入る時、「ごめん」と一言だけ言った。

「いいっていいって。俺もそのつもりだったし。今日、一緒に東京に帰ろ」

仲樹の言葉に、真由はごめん、と小さく頷いた。

夕食は母の独壇場だった。

真由や仲樹の小さい頃の話をひたすらしゃべり続ける。あまり記憶はないのだけれど、母は驚くほどよく覚えている。時折、親戚を送り届けて帰ってきた父に「そうよね？」と相槌《あいづち》を求めるのだけど、父はやはり曖昧に頷くだけだった。

昔からそうだ。自分の意見をはっきり言えないところ、淡々と毎日をこなすようにすごしているところが自分ととても似ている。父はどうして母と結婚をしたのだろうといつも思っていた。

食事の後片付けを終えた時、「ぼく、そろそろ」と仲樹が切り出してくれたので、「私も」とすんなり言えた。

この家は相変わらず、母中心に回っている。この家に足を踏み入れると、何かものすごい磁力が働いているかのように、何も身動きがとれなくなってしまう。

でも、そんな空気を仲樹が変えてくれた。引き止められはしたけれど、仲樹がいたことで、それ以上、何も言ってこなかった。家に戻ってから電話攻めかもしれないけれど。

「なんかごめん」

駅までの道のりを仲樹と並んで歩く。ポツリと真由が言った。

「いやいや、俺こそちゃっかりごちそうになっちゃって」

「ううん、助かった」

つい、本音がポロリと出た。あのまま実家にいたら、真由はどうなったかわからない。もしかしたら、ずっとあの家を出られなくなるかもとさえ考えていた。

「お母さん、喜んでくれてたんじゃない？」

「そうかなあ？」

「で、どうなの？　憲吾さんは」

雰囲気をがらっと変えるかのように、仲樹が切り出した。彼のいいところはこういうところだ。どんなにクラスが悪い雰囲気になっていても、仲樹が発言することで、それはいい空気に変わる。彼の周りにはいろいろな人が集まってくるのだ。

「ううん……多分、彼女いるっぽいんだよね、みんなが噂してて。いいんだ、私なんてどうせ」

「どうせって」

「何も言わずに出張行っちゃったし。もちろん、その間、連絡なんてなかったし」

「え、でもお土産買ってきてくれたっしょ」

「まぁ……あれはビックリしたけど……」

「ふーん、でもデートしたんじゃなかったっけ？」

「デートっていうより……かき氷を一緒に食べただけだけど」

「へええ」

仲樹は興味なさそうに言ってから、「そういえばさ、おまえ、畑やってるんだろ？　俺も行ってみたいんだ。いい？」と突然目を輝かせた。

「やってるにはやってるけど、最近……」

言ってからハッとした。あんなに毎日のように通っていたのに、夏になってからほとんど足を運んでいなかった。雨も降らないから、もうきっと、からからになってしまっているだろう。

「いつにする？」

そんな心配をよそに仲樹は、どんどん話を進めていく。

「……じゃあ、明後日は？」

「オッケー」

最寄り駅に近づいてきた。ここを出て行きたいと思っていた頃と何ら変わらない風景がそこにはあった。そして真由自身もやっぱり何も変わっていない。

ほうっておいた畑がどうなっているか、目を背けたい気持ちの方が強かった。けれど、仕方がない。仲樹と約束をしていたので行くしかないと重い腰を上げ、電車に乗った。

久しぶりに行った畑は、緑の空気に包まれ、息苦しくなるほどだった。育った夏野菜たちが輝いている。周りが皆、健全に見え、その清々しさがとてもまぶしい。

しかし、真由の区画に行くと、水菜は茎が太いわりにパサパサ、はつか大根を抜いてみると、葉はしなび、すが入っていた。

その様子があまりにも悲惨で立ち尽くしてしまう。真由の心の中そのままだ。

「こんにちは。これどうぞ。江藤が作ってました」

「ありがとう……ございます」

美菜子が試行錯誤しながら作成したのだろう。「青山５丁目レンタル畑通信」と書かれていて、「トマトの育て方　マル秘情報」がイラストで説明してある。その手描き感が心にしみる。

「ちょっとほうっておきすぎだったかもしれませんね。忙しくなっちゃいました？」

立ち尽くしていると、河田がちょっと探るように言った。さぞかし、極端なやつだと思っているだろう。

「ですよね。わかってたんです」

「こちらでお世話しようかなとも思ったんですけど、以前、ご自分でやるとおっしゃってたんで……ご連絡すればよかったですかね」

「いえ……私が言ったんですし……」

そこまで言って、自分はやはり誰からも連絡をもらえないのだと思うと、悲しくなった。いつもタイミングが悪いのだ。

どうして素直に教えてくださいと言えないのだろう。どんなに変わろうとしても、自分から何かをするのも苦手だし、感情を出すのも苦手になってしまった。それは、昔から真面目で教科書どおりに過ごし、母の言うなりに進んできたからなのか。そのこと自体も嫌だったはずなのに、いつのまにか自分で何かを考え、決断することもできなくなっていた。

「世話のタイミングって難しいんですよね。ある程度、距離感とるっていうか」

「距離感……」

「それだけじゃないんですけどね。誰も失敗したくないし」

そのとおり。だからこんなに悩んでいるのだ。

「でも、生き物の生命力を信じてほしいっていうのもあるんですよ」

そう言われても、今の自分には何も信じられない気がする……。

「ちわーっす」

その時、仲樹がやってきた。とたんにちょっとホッとする。

立ち尽くしている河田に、「はじめまして。池田仲樹といいます。彼女の幼なじみです」と調子よく自己紹介をした。なんだか、親に交際宣言をするかのように直立不動でしゃべっている仲樹がおかしかった。

「どうも。河田です」

「どうしても畑が見たくて、キタマユ、あ、真由さんに頼み込んだんです」

「そうでしたか。ごゆっくりどうぞ。もし、キャンセルが出たら申し込みもできますから、じっくりと見てくださいね」

「ありがとうございます」

河田の言葉に伸樹はペコリと頭を下げると、こちらに向き直って「いいじゃんいいじゃん」と肘でつついてきた。

「そうかなあ……。なんか、野菜しおれちゃって……。元気なくって……私みたい。せまい区画だけど、その中で伸びようとしてるのに、全然ダメで……」

ボソリとつぶやいた。

「多分だけどさ」

そう言って、伸樹はしおれた水菜をいとおしそうに眺める。

「大丈夫だよ」

「大丈夫って、こんなだよ？　っていうか、野菜のこと知らないでしょう？」

「……お母さんのこと。それから憲吾さんのことも」

「えっ？」

「うん、大丈夫だよ。大丈夫」

伸樹は水菜を見つめ、ただ納得したようにうんうんと頷いている。そんな、不意に伸樹から出た言葉に、すぐに反応することができなかった。

「そんなこと……勝手なこと言わないでよ」

「いや、キタマユだって、野菜だって……」

仲樹の言葉に、再び、手にしている「青山5丁目レンタル畑通信」に目を落とす。

【しまった！　と思っても大丈夫。野菜の力を信じましょう】という文字が飛び込んできた。

葉っぱが萎《しお》れていても茎までダメになっていなければ、復活するのだそう。

河田も生命力を信じてほしいからこそ、放置しておいたと言ってくれた。

私も……もう一度顔を上げられるだろうか。

水菜やトマトたちみたいに。


【祥子】


「いつもごめんね。来てもらっちゃって」

今日は、幼稚園で知り合った海斗のママ・まどかと、みうのママ・幸恵と持ち寄りランチにした。こういう時、パーティメニューを作ってもてなすと二人とも恐縮してしまうので、お弁当を注文したり、コンビニやスーパーで買ったものを持ち寄ったりして、一緒に食べることもある。それはそれで、祥子は全然イヤじゃない。

「全然だよ。逆にうちは賃貸だからせまいし、お招きできなくってごめん」

幸恵が言った。彼女はアクティブだし、ざっくばらんに話す。隠し事など何もないかのように、あっけらかんとすべてをさらけ出しているように見える。こんなふうに話すことができたら、人生は少し変わっていただろうし、かなり楽に生活ができるだろうと、祥子はいつも思う。

「ううん、そんなことないの。私も場所提供してるだけだしね」

「でも、助かる。ここんち、本当に居心地いいし。どう？　ガーデニングの勉強、やってるの？」

「全然」と祥子は首を振り、肩をすくめ、続けた。

「ごめんね。やろうとは思ってるんだけど、畑がね……」

祥子は言いながら、二人の顔を交互に見た。やろうという気持ちはあるのだが、なかなか取り組む気分になれないでいるのは事実だ。

「そうだ、畑レンタルしてるんだったね。どう？」

幸恵が興味津々で身を乗り出した。彼女は基本的に好奇心が旺盛で、何にでも興味を持つ。

それが祥子に優越感を持たせてくれていたのだ。今までは。

「楽しいよ。土いじりするってこと、大人になると少なくなるじゃない？　やっぱり落ち着くっていうか……」

「それに、家族みんなでできるなんて素敵よね」

おっとり系のまどかが言った。

「うちなんて、家族バラバラ。お姑さんがしっかりしすぎて、私の立場も全然ないし」

「そんなことないでしょう？」

「それがあるのよね。なんか完全にバカにされちゃってるかも。夫も無関心だしね。海斗だってお義母さんにつけばいいのがわかってるみたいだし」

「そんなのウチも同じよ」

まどかの言葉に幸恵が同意した。

「ほら、うち賃貸でしょう？　マイホームがほしいって言ってるのに、『いずれ実家が俺たちのものになるんだから』の一点張り。その話になるといっつもケンカよ。祥子さんちはそんなことないわよね。こんな素敵なおうちがあって、しかも家族で畑レンタルするなんて、理想的」

「そんなことないけど……でも、子どもたちの好き嫌いは少なくなったかも。自分で収穫したものを調理すると、興味がわくみたいで」

言いながら、ペラペラと何を言っているんだと自分にツッコミを入れた。

嘘はついてないけど……嘘じゃないけど、胸が痛む。

気になることがあるくせに、どうして二人のように、心を開いてぶっちゃけた相談ができないのだろう。でも、次元が違う気がする。どんなことがあっても言えやしない――ダンナに女装趣味があるなんて。

本当はあっけらかんとすべて笑い飛ばせたらいいのに。

あんなに家族、家族とフェイスブックで主張したのに、結局、畑には一人で来ている。ジャガイモの収穫を終え、次はオクラとソラマメが育ってきている。こんなに空に向かってぐんぐん伸びている野菜たちを見たら、子どもたちは喜ぶだろうか、面倒だと思うだろうかなどと想像しながら、それでもうつうつと土寄せをしていた。

「ねえ、あなた、どうしたの？　元気ないんじゃない？」

「え？」

顔を上げると、祥子より年上だろう女性がこっちを見ていた。そうだ、開園式まつりの時に挨拶をした隣の区画の鈴木恵理子だ。

「なんか前と印象が全然違うから……」

「何が……ですか」

つい棘《とげ》のある声を出してしまった。いくら同じ畑を借りているからと言って、そんなこと言われる筋合いはないのだ。

「体調でも悪いの？」

返事をしようと思ったけれど、言葉が続かなかった。言葉では通りいっぺんの心配をしてくれているけれど、何か見透かされている気がしたからだ。

「あなたに……あなたに何が……」

「あれ？　祥子さん、どうしました？　え？　具合悪い？」

走ってきた美菜子がうろたえている。恥ずかしさに顔が熱くなり、気がつくと、祥子はシャベルを握りしめ、立ち上がっていた。

「そうじゃない……けど……」

かろうじて声は発したけれど、あふれてくる気持ちをおさえきれない。ともすれば、わーっと叫び出してしまいそうだ。

「祥子さん？　大丈夫ですか？　恵理子さん、どうしよう。ちょっと丸太小屋で休憩します？　今日、息子さんたちは？」

美菜子は必死であれこれ言っている。でも、恵理子はじっと祥子を見つめていた。「吐き出しちゃったら？」

「えっ？」

恵理子の言葉を聞いて「祥子さん、気持ち悪いんですか？　暑いからかな」と美菜子は余計におろおろしてしまう。構わず恵理子は続けた。

「心の中にくすぶってるもの、この際だから全部出しちゃいなさい。私たちでよかったら聞いてあげるから」

今度こそ本当に何も言い返せなくなった。自分の中にくすぶっているものならありすぎるぐらいにある。


あれからもまだ、夫に本当のことを問いただすことはできていない。夫は相変わらず土日になると出ていっている。あのウィッグを持ち出しているかどうかからも目を背けている。きっと、そんな夫への態度を、子どもたちも感じているに違いない。

先日は、長男が通っている塾から呼び出しがあった。

颯真は誰の遺伝子なのか、とても出来がいい。本当は小学校受験をさせたいと思っていたのだけれど、お姑さんから遠まわしに、しかし強く否定され、泣く泣く諦めた経験がある。

もしかしてあの時、有名大学付属の小学校を受けていたら、今頃、いろいろな付き合いも変わっていたかもしれないと思うと、悔しさがこみあげてくる。

だから、中学受験こそは！　と思い、三年生から入れる受験塾を探した。幸い、今度は夫も姑も何も言わなかったし、颯真にも「大学の付属に行けたら、みんなが受験勉強をしている時に、好きなことに打ち込めるのよ。中学受験の方が、高校受験や大学受験より倍率が低いし」と言ったら、あっさり受け入れてくれたのだ。

地元でトップクラスと言われる塾に行き始め、その一番上のクラスに入ってからも、「真面目に取り組んでいます」と言われる程度で、特に問題もなかった。テストの成績はまあまあだったけれど、まだ五年生だし、追い込みには早いだろうと思っていたのだ。

それが面談の時期でもないのに呼び出されたので、何かがあったのではと心配していた。授業態度が悪いのか、それともクラスを変えるという話なのか……。

できれば颯真が塾でない日に、ということだったので、颯真と涼真を留守番させ、夜に最寄り駅にある塾まで足を運んだ。

すると颯真の担当チューターだという、祥子と同じか少し上くらいの丸顔の男が出てきた。

この塾は教科を教える教師のほかに、全体の成績を見たり、子どもの心のケアをしたりするチューターがいるのだ。あまりキレ者という感じはしないけれど、こういう方が子どもの心を開けるのかもしれないと、ぼんやりと考えた。

「お忙しいところすみませんね」

彼は、「ね」をつけることで、自分の言葉をより柔らかく聞かせる術を知っているのだと思った。

「いえ、あの何か……」

「颯真くん、間違えることを、とても恐れているんですね」

「えっ？」

最近、指摘されて聞き返すことばかりだ。それにしても、間違えることを恐れることがどうして悪いんだろう。間違いをなくしていくことが受験への道ではないのだろうか。

そんな疑問を汲み取ったらしいチューターは、コホンと一つ咳ばらいをして切り出した。

「まだ五年生なので、たくさん間違えていいんです。今は、マルの数を増やすことよりも、理解をし、いろいろなことを覚えていく方が大切なんですね」

「はぁ」

そう言われても、合っていて何が悪いのかというのが先に立ってしまう。

「あの……ウチの子、そんなにできなくないと思うのですが……それに、ノートを見ても、マルの数も多くて、ほとんど間違っていませんし、おっしゃっていることがあまりよくわかりません」

しかも、颯真は今、一番上のクラスにいるし、何が問題だというのか。

「ええ。ノート上はそうだと思いますね。でも、来月の統一模試の結果をぜひごらんください。もしかしたら、それでもわからないかもしれませんが」

「とおっしゃいますと？」

「多分、ほとんど理解されていないんですね」

「えっ？」

「マルが多いのは、教師の答えを聞いて、その場で直し、マルをつけているからなんです。もしくは、隣の子のをちらりと……」

「へっ？」

「もちろん、子どもだって間違えるのは嫌ですし、そこを指摘されたくないですよね。それはわかります。いくら『間違えても、やり方を覚えればいい』と言っても、実行する子は少数ですからね」

「はぁ」

もはや何も言い返せなかった。颯真ができるのかできないのかがまったくわからない。そして、この面談の目的も。チューターが何を言いたいのか、時間の無駄にしか思えなかった。

「正しい答えを書いてマルをつけて、それでやり方を覚えてしまう子も中にはいるんですね。でも、残念ながら颯真くんはそういうタイプではありませんでね」

「あの、何がおっしゃりたいんでしょうか」

しびれを切らしてしまい、祥子はいらいらと言った。

「とにかく次回の模試を見ていただければわかるかと思いますね。でも、今ならまだ間に合いますから。折を見て、話し合ってみてください」

チューターは顔色一つ変えず、平然とそんなふうに言った。


その夜、夕食後に祥子は颯真をダイニングに呼び、問いただした。なるべく追い詰めるのはやめようと思っていたけれど、どうしても言葉がきつくなってしまっていたのかもしれない。気配を察した涼真は、要領よく子ども部屋に籠っていた。

「塾、楽しいって言ってたよね」

「うん」

「塾の問題、簡単すぎっていつも言ってたよね」

「そうだよ」

こうもケロッと言われてしまうと、何も言えなくなる。けれど、本心から簡単だと言っているのか、そうでないのかはわからない。

「本当はどうなの？」

「まあまあ、かな」

ここで初めて、颯真が言い淀《よど》んだ。あまり強がってもいられないと思ったのだろう。けれど、そうさせてしまったのはこちらなのだろうか。胸がチクリとする。

「じゃあ、どうしてできてるなんて言ったの？」

「え？　だって、そう言ったら、お母さん喜ぶでしょ？　お父さんとも仲良くできるでしょ？」

「へっ？」

「だよね？」

「……颯真は、そんな理由で、わからないのに簡単って言ってたの？」

「まあ、そうかな。家の中が平和だったらぼくも嬉しいしさ」

颯真は否定すらせず、そうすることが当たり前であるかのように言った。その横顔はとても大人びて見える。夫に似た突き放し感のあることがしゃくだった。

「でも……お母さんには本音を話してほしいな」

祥子は力なく言った。それでも颯真からは何の手ごたえも感じられなかった。

そんなことを丸太小屋で美菜子と恵理子に話していたら、いつの間にか泣いていていた。

「私たち、子どももいないから軽はずみなこと言えないけれど、一人で大変だったのね。ホント、頭が下がるわ」

恵理子に言われると、また涙があふれてきた。

そうか、私、泣きたかったんだ。そして、ほめてもらいたかったんだ。

「冷たいハーブティ、どうぞ。もちろん自家製」

美菜子がグラスを三つ持ってきてくれた。ミントにほのかに甘さが混じった香りがする。

飲むと、高ぶっていた気持ちが落ち着くような気がした。

「おいしい」

「これね、パイナップルミントなんですって。恵理子さんに教えてもらったんです」

「ハーブはいろいろ使えるのよ」

グラスを手に恵理子は穏やかに笑った。美菜子もにこやかだ。

「ねえ、祥子さん。畑仕事しなくてもいいから、お茶飲みに来てください。じゃなかったら、私とここでお昼ごはん食べてください」

「お弁当作ってきてもらおうって魂胆でしょ」

恵理子が突っ込むと「バレたか」と美菜子は笑った。

「そのくらい、いくらでも作るわ」

一緒に笑ったら、いろいろなことが何でもないことのように思えてきた。


子どもたちが即席の庭プールではしゃいでいる。

今日は、海斗と弟の陽斗《はると》、母のまどかが遊びに来るというのでバーベキューをやることにした。同時に、隣に住んでいる七恵にも声をかけた。七恵はもうすぐ二人目が生まれる予定で、上の子をあまり遊びに連れていかれないと言っていたので、少しでもリラックスできればと思った。彼女は先日、産休に入ったところで、あまり多くを語らないけれど、有名なアパレルブランドのデザイナーチームにいるらしい。自分で作ったという服も個性的なのに奇抜ではなくて、とてもセンスがいい。「もうアラフォーよ」なんて微笑んでいるけれど、こういう隣人がいるのはとても誇らしい。

今日、幸治は珍しくどこにも出かけず、機嫌よくバーベキューの肉焼き係に徹していて、その合間に、子どもたちのプールの相手もしている。

「ほんと、ダンナさんてマメだよね。うらやましい」

七恵が目を細めた。彼女の夫は、それほど数は多くないけれど、焼き鳥屋のチェーンをやっていて、毎日、忙しく飛び回っている。経営者に徹するわけではなく、焼き方やタレの味付けにまでこだわっていて、店に出たりもしているから、あまり家にいないのだ。

「そんなことないのよ。みんなが来てるから、ハリキってるだけ」

祥子が笑みを浮かべていたからか、半ば本気で言ったにもかかわらず、誰もそう受け取ってはくれなかった。

美菜子と恵理子に話を聞いてもらって、かなりすっきりしたけれど、それでも夫のことは言えなかった。結局、夫にも何も問いただせないままでいる。それどころか、颯真のこともどうしたらいいか相談することができないし、面談があったことすら伝えていない。言い方を考えないと、「それが颯真の優しさだろ」や「競争に向いているタイプじゃないんだ」などと言い、「そもそも塾は祥子が行かせたがったんだろ」という方向に話が行ってしまう可能性があるからだ。さらに、それをニコニコしながら言う。自分は波風を立てないように気を遣っているというエクスキューズを常に用意しているのだ。

祥子もどちらかというと、今までそういうタイプだったから、夫のしていることを否定はできない。

ジャガイモの収穫には一人で行く勇気がなく、結局、息子二人を連れて行った。夫は相変わらず仕事だと言って、祥子たちよりも早く出かけていった。

息子たちは、「収穫したジャガイモでポテトチップスを作ってあげるから」と言ったら、すぐに乗ってきた。交換条件を出してしまったことに心が痛んだけれど、一人で電車に乗って畑に行くのは耐えられそうになかった。

「颯真くん、涼真くん、久しぶりだね！」

畑に到着した時、美菜子がすぐに声をかけてくれた。その屈託のなさに救われて、自分でも笑みがこぼれるのがわかる。

「今日、ジャガイモ採りにきたんだ！　お母さんがポテトチップス作ってくれるって！」

はしゃいでいる涼真に、それとなく止めるように促す。けれど、テンションが上がっている涼真にはそれが伝わらない。

「そうなんだ！　じゃあ、大きいの採らなきゃね」

涼真の後ろで颯真ははにかんでいる。この前のことなどすっかり忘れてしまったかのようだ。まあ、子どもだし、変なしこりを残しているよりはよっぽどいいけれど、どこまで演技しているのかわからないところが正直、怖い。

ジャガイモの葉っぱはすっかり枯れている。こんな感じでは中身も心配されたけれど、こうなるまで待った方がいいのだという。

「好きなの抜いてていいよ」

河田に言われ、颯真も涼真もかなり伸びている葉の茎の部分をつかんだ。

「せーの！」

二人が抜いた茎には、ジャガイモがいくつもついてはいたものの、全体的に小ぶりだった。

「あれーっ？」

手ごたえのわりに、大きくないものが出てきたからなのか涼真は不服そうだ。

「よし、じゃあ、大きいのを当てたら大吉な」

河田が涼真と颯真の収穫を手伝ってくれている。くじびき感覚にすることで、二人の興味もわいたようだ。

「今日は子連れなのね」

声に振り返ると、恵理子が立っていた。思わず少し身構えてしまう。

「あの、この前は……」

ありがとうございました、とお礼を言おうとしたら、恵理子が「ちょっとスッキリした顔してるわね。でも、まだ何かあるな～」と鼻にしわを寄せながら、顔を覗き込んでくる。

「え……？」

「ジャガイモは自分を大きく見せるためなのか、それは想像でしかないけど、ぐんぐん葉を広げ、茎を伸ばす。でも、実際抜いてみると、実はそれほど違いがなかったりしない？」

たしかにそうだった。似たり寄ったりのサイズだ。

「必要以上に頑張る必要ないと思うわよ」

言われて、祥子は頷いた。背伸びをしすぎていることは自覚している。それが窮屈で仕方がないのが現状なのだ、本当は。

「外からじゃわからないんだよね。福袋の中身みたいに——違うな、浦島太郎がもらった玉手箱ってとこかな。中身が見えれば、問題はないんだよね。合わなければ避ければいいんだし、取捨選択するだけ。でも、人の心は難しいよね。言葉は嘘をつけるし、いくらでも化粧したり着飾ったりできるから」

「恵理子さん……」

いつの間にか美菜子も戻ってきていた。

「私も……今のはわかるかも。いい人って友達も多いように見えるんですよね。でも、最近、思うんです。人って、欠点っていうか、悪いところが見えないと、本質的なところでつながれないんじゃないかって。だって、悪いところがないなんて、人間らしくないじゃないですか。みんな、どこかでバランスを取っているんだと思います」

珍しく美菜子は饒舌《じょうぜつ》だった。いつも明るいけれど、おしゃべりというわけではない。けれど、今日は何かあったのかペラペラとよくしゃべり、ケタケタと大声で笑った。

「バランス……？」

祥子は誰にともなく、聞き返した。

今日の美菜子は、まさにしゃべることで何かのバランスを取っているようだった。

ということは、夫も女装をすることで、そして、男性への興味を持つことで、バランスを保っていたとでもいうのだろうか。

「たしかに、そうかもね。なんだろ、弱みを隠しながら生きてるっていうか、自分がしゃんと立つためにバランスを取るみたいなとこ、あるかもね」

恵理子が言った言葉に対し、思わず頷いてしまった。

言っていることはすごくわかる。自分だってそうだ。多分、人から見られる姿を意識することで、自身を満足させているようなところは大いにある。けれど、それでも、みんなから憧れられる存在であり続けたい。

秋

【美菜子】

自分のいびきで目が覚めた。

はて、ここはどこだっけ？　と考える間もなく、アロマの香りが漂っているのに気づいた。そうだ、今日は久しぶりにまつげエクステをつけてもらいに来ているのだった。

今まであまりエクステなどは興味がなかったし、ネイルサロンも畑仕事があるからと、青レンに配属になってからは通うのをやめてしまった。けれど、この前、良美に会った時、日焼けをして周りのことに構わなくなっている美菜子を見て、あきれ顔で「ねえ、メイクしないなら、せめてエクステぐらいすれば？」と言われたのだった。そんな彼女は、小野くんとうまくやっているらしい。仕事も充実していて、彼氏もできて、キラキラしている。肌もつやつやだ。

美菜子はというと、十月に行う予定の大収穫祭の企画を立て、予算組みなどをしなければならず、連日、河田とぶつかっていた。

河田が意地悪でいろいろな指摘をしているのではないことは重々承知してはいるのだけれ

ど、どうしても、淡々とした口調で「ツメが甘いですね」などと言われると、つい、いら立ってしまう。だから、毎晩、河田に「参りました」と言わせるために、企画書を書き直しているのだ。

それというのも……先日、農業大学の女子たちがレンタル畑の体験にやってきたからかもしれない。その時のことが頭から離れない。河田の態度がとても穏やかで、にこやかに話をしていた。時折、専門用語などを織り交ぜて話しているから、とても美菜子が入り込める雰囲気ではなかった。そんな状態でレンタル畑の管理人をやっているなんて言えないと萎縮してしまう。

そこから少しでもはい上がるために、今、必死に勉強している。だから、とにかく身の周りのことなどに構っていられない。そのぼろぼろさ加減を良美に見とがめられてしまった。

週明けの月曜日、本社で会議があった。毎週、企画部の上司である小井戸に、レポート提出には来ていたものの、全体会議に参加するのは本当に久しぶりだし、皆の前でプレゼンしなければいけないので、緊張していた。

「おっ、江藤。久しぶり」

総務部時代の上司、水沢だった。かつて美菜子の企画部の異動について打診してくれた人だ。この人のおかげで念願の企画部に行けたということもあるが、この人のせいで、こんなにしなくてもいい苦労を背負わされたと言っても過言ではない。

「なんか……」

言いながら、顔を覗き込んでいる。

「なんですか？　くまでもできてます？」

美菜子はつっかかった。

「いや、顔が変わったなと思って。痩せたか？」

「いえ全然。畑仕事してから、ごはんがおいしくておいしくて。日焼けしたから、そう見えるんじゃないですか？」

いつも青レンで会っている人たちにも、そんなことを言われたりするけれど、おそらくそれは日焼けとエクステのおかげだと思う。

「いや、それだけじゃないな。彼氏でもできたか」

「え」

「あっちの緑化担当がけっこうイケメンだって噂聞いたぞ。ラッキーだったな」

「なに言ってるんですか、全然ですよ」

否定しながらも、どうしても浮かんできてしまう河田の顔をぶんぶんと追い払った。

本社で行われた会議では、大収穫祭については滞りなく企画が通った。しかし、夏までにアイディアとしてだけ出しておいた新事業展開についてはさらに企画を詰め、詳しい見積もりなどをとらなくてはならない。それを成功させなければ、また異動になってしまう可能性もある。今度は本当に企画部から飛ばされてしまうだろう。せっかく畑仕事が楽しくなってきたのに。

会議室を出ると、美菜子は良美と待ち合わせているオーガニックの店へ向かった。今後の青レンや企画のヒントになればと、良美が見つけてくれた店だ。内装はシンプルだが、清潔感がある。それに、作り物ではない生きた空間という感じが漂っている。

「おまたせ」

「で、どうなの？　彼氏」

先に来てタブレットで仕事をしていた良美は、美菜子の顔を見るなり、そう言った。

「彼氏って誰よ」

席につきながら、良美に抗議する。

「なに言ってんの。彼のおかげで収穫祭の方の会議はうまくいったんでしょう？」

「どうしてわかるの？」

良美の指摘どおり、大収穫祭に関する議題は特に突っ込まれることもなく、「じゃあ、それで」という感じで、予算も希望が通りそうだった。何回も企画書を書き直した苦労はあったけれど、そのつど、的確に突っ込みを入れてくれた河田のおかげといえば、そうなのかもしれない。

「いわゆる三人称としての『彼』ね。それはそうかもしれないけど……」

「そっかー。いいなー。あと一歩じゃん」

「いいなーって、自分だってうまくいってるんでしょ」

そう指摘すると、良美はくくと笑い、「ごめんねー、私、合コンとかセッティングできなくなっちゃって」とおどけた。

「はいはい、幸せなのね」

恋を求める良美を祝福する気持ちはもちろんあるけれど、実は美菜子は本当に恋愛したいという気持ちはなくなっていた。もちろん彼氏がいたら楽しいだろうなと思うことはあるけれど、結婚に幻想も抱いていないし、いろいろと面倒なことがあるのなら、このまま一人で生きていった方が気楽なのでは？　とさえ思うようになっていた。じゃなければ、条件がバッチリあったお見合い結婚をするとか。

「なんか、私、恋愛体質じゃないのかもな」

ふと口にすると、良美は「そうじゃないよ」と真面目な顔で首を振った。

「美菜子はさ、自分で『私にはムリ』って線ひいちゃってる。ちょっと心を開けば入ってくるものはたくさんあるのに、自分で蓋をしてる気がする。もしかしたら、今の美菜子に恋は必要ないのかもしれないけど、でも……って私、なに語ってんだろ。まだ飲んでないのに」

良美がふと我に返って、照れ笑いをした。

「ありがと」

「いや、なんかエラそうにごめん〜。秋だからかなー」

「ふふ、そうかもね。飲もっか」

美菜子が促すと、「ここのサングリア、おいしいらしいよ〜」と良美はメニューを開いた。


大収穫祭の企画に関する正式な許可が出てから、それを実現するべく、さらに忙しくなった。今、畑を借りている会員さんに満足してもらうのはもちろんのこと、来年以降の顧客獲得のためにも、レンタル畑の良さをアピールしていかなければならない。大収穫祭当日は会員さんに自分たちの収穫した野菜でバーベキューを楽しんでもらうだけでなく、イベントを行い、野菜の種をお土産にしようと考えている。その司会進行も考えなければならない。全部一人でやろうとすると、とてもとても終わる感じがせず、河田と二人、しっかりタッグを組んでやらざるを得なかった。

河田の方もそれはわかっているらしく、淡々と作業をしてくれるからありがたかった。実際やってみると、河田は寡黙《かもく》ながら、次に美菜子がやろうとしていることを先回りして、仕事がやりやすいようにすっと準備をしてくれるのだ。おかげで、日々の畑の手入れと、イベントのことだけに専念できた。

大収穫祭の二週間前になった。

準備もしなくてはならないため、平日は十七時閉園ということは会員さんにあらかじめ伝えてある。今日は大収穫祭のためのテント設営などに必要なものをチェックし、揃えなくてはならない。足りないものは買い出しに行くことになっていた。

もう河田のワゴンの助手席に乗るのは慣れたけれど、それでも、いつもの美菜子ではなくなってしまうことは自覚している。

「あの、リストアップありがとうございました。紙皿とか割りばしとか消耗品以外で必要なものってありましたか？」

「スモークコンロを調達しようかと」

「え？　スモークって、燻製《くんせい》にするんですか？」

「そう。ただのバーベキューより盛り上がる気がして」

河田の声のテンションは上がっていないけれど、大収穫祭のことを考えてくれているのは伝わってくる。

「うわぁ、そんなことしたことないです。楽しそう！」

でも、借りに行く先は芝浦の事務所ではないようだ。かといって、聞いても答えてくれない。急に話すことがなくなり、しばらく外の景色を眺めていた。

どのくらい経っただろうか。河田が「着きました」と車を停めた時、目の前には一面の畑が広がっていた。

いったいどれほどの広さがあるのだろう。あちらこちらで実っている野菜と、あと半面はどこまでが境なのかわからないほどの土が、夕焼けに照らされ、オレンジ色に染まっていた。

「うわーっ、すごい。ここのお手入れ、かなり大変そうですよね」

思わず興奮して声を出したけれど、河田は特に驚く様子も見せなかったし、感慨深げに見つめたりもしていなかった。

「降りても……？」

河田を窺うと、彼は小さく頷いた。美菜子が車を出ると、河田も続いて降りてきた。

「ここで借りるんですか？」

「一台だけ業務用があるんです」

「そうなんですねー。っていうか、すごい夕陽、きれい」

畑のはるか向こう側に陽が沈んでいくのが見える。青レンのようにビルなど遮るものは何もない。この光景を見ながら風に吹かれていると、なんだか清々しい気分になる。

「ここ……俺の実家です」

「ひぇえぇっ？」

思わぬ告白に、馬鹿にされても仕方がないほど声が裏返ってしまった。

「なななななんで？」

「全然帰ってきてないけど……もうすぐ、十年くらい？　俺がここ出た時は厚木《あつぎ》なんてメジャーな街じゃなかったんですよ」

そう言われて、ここが厚木市であることを知った。

いつも通りのぼそぼそとしたしゃべり方だけど、その声は驚くほど素直に美菜子の胸に届いてきた。

「俺、親と折り合いが悪くて……っていうか、俺が勝手に親に背いてただけだけど。兄貴みたいに敷かれたレールの上を歩いていくのが嫌で飛び出して」

「そ、そうなんですか」

話が意外すぎて、反応に戸惑ってしまう。いつもと違って話し方が柔らかく、時々、敬語ではなくなっていることにも、内心驚いていた。

でも、本当はこういう人なのかもと心のどこかでわかっていた気がした。それがわかっていたからこそ、突っぱねることもできず、一歩を踏み出すこともできなかった。

「情けないのはさ、役所に就職する時は、『実家は農家やってます』ってウリにしてるわけですよ。それで、当たり前だけど、緑化担当になって、よその畑の管理を任されてる」

「そっか。だから詳しかったんだ、いろいろ」

美菜子が言うと、河田は首を振りながら、「一応はね」と少しだけ笑った。

「大収穫祭のために連絡、とってくれたんですか？」

「まあ、兄貴とは連絡とってたし……」

「……大収穫祭、成功させましょうね」

美菜子が見上げると、河田は小さく頷いた。


イベントは「青山5丁目レンタル畑・大収穫祭」と名付けられ、青山のあちこちに看板が立ち、商店街では、レジの隣にビラを置いてくれたりもした。

今日はフリーペーパーの取材が入っている。最初は書店に置かれている情報誌などに取材をしてもらおうと思っていたのだけれど、部数が多いし、不特定多数の人が読む可能性のあるフリーペーパーやフリーマガジンの方がいいと河田が勧めてくれたのだ。だから、本社の許可を得て、「フリーペーパー　AOYAMAP」に記事広告を出し、あたかも取材をしてもらったかのように書いてくれるよう申し込んだ。

約束の時間までに、何を伝えるべきかメモをしておく。広告ということもあり、きちんと原稿チェックができることはありがたい。美菜子は慎重に伝えてほしいことについて書き留めていった。

「お世話になります。フリーペーパー　AOYAMAPの小泉と申します！」

ハキハキとしたよく通る声が聞こえ、美菜子ははじかれるように立ち上がった。

「ありがとうございます。今日はお世話になり――」

言いかけて目を見張った。そこに立っていたのは雅大だったからだ。そのまま流れで名刺交換をする。

「えっと、あの――」

当の雅大は名刺交換をしてからはこちらに見向きもせず、カメラマンに指示をしたり、セッティングを手伝ったりしている。まるでここにいる美菜子が見えていないかのようだ。

気づいていないはずはない。現に、以前、この青レンの目の前で会っている。いったい何をしに来たのだろう。畑で泥まみれになっている美菜子を見に来たのだろうか。

雅大は取材中もまったく美菜子とは初対面のようにふるまっている。その態度がかえって美菜子を混乱させた。しかし、そんな美菜子の気持ちには容赦なく、雅大は質問を重ねてくる。一つ一つに動揺してしまい、何を答えたかまったく覚えていない。

なんだかんだ二十代の一番いい時を一緒に過ごした彼だ。バーや高級ホテル、温泉など大人になってから初めてのことはだいたい雅大と経験した。おっかなびっくり体験したことが、今となっては皆、思い出になっている。だからこそ、生活しているふとした時に、雅大とのやりとりを思い出してしまうこともあるのだろう。

「ありがとうございました。原稿はでき次第お送りしますので」

雅大が頭を下げた時、ふと、目が合った。その笑顔は昔と何ら変わらない。過去を思い出してしまって、目頭が熱くなり、「ありがとうございました」としか言えなかった。雅大は結局、何も言わずに帰っていった。

どうして別れてしまったんだろう。聞きたい。今、どうしてるの？　結婚したの？

忘れていたはずなのに、急に雅大と過ごした時間がよみがえってきた。

今は仕事のことを考えたいのに。考えなくちゃいけないのに。

そのまま丸太小屋に戻ると、河田が一人座っていた。

「おつかれさまです……」

小さな声で言うと、「取材は？　終わったんですか？」と、堅い敬語に戻っている。いつにもまして不機嫌そうだ。

「一応」

そんな言い方をされると、こちらもつっけんどんになってしまう。

「で？　今日の取材で、お客さんは増える見込みはありますか？」

「そんなこと私に言われても——。ライターさんの書き方でいろいろ……」

「そういうの、ちゃんと責任もってもらわないと」

「原稿は送ってくれるそうです」

「成功させたいって言ったよね？　何か別のこと考えてたんじゃないですか」

図星をつかれて、何も言い返せなかった。たしかに、何を聞かれても雅大のことばかり考えていたことは否定できない。

「ったく」

「えっ？」

そんな言い方をされる覚えはない。ふつふつと怒りの感情がわいてきた。

「いつまで引きずってんの、元カレのこと」

さっきとは打って変わって、低く囁くような声だった。

「何が？　別に……引きずってなんかないです、全然。っていうか、河田さんに関係ないでしょう？」

わざとそんな言葉を投げつけた。そうだ、この人と自分は何も関係ない。ただの仕事仲間なんだし。

なのに河田は「関係大ありだけど」と珍しく美菜子を見つめてきた。

「わかりました。すみません。今後は仕事に支障がないようにします」

早く視線をそらしたくて、少し早口で言い、踵を返したら腕をつかまれた。

「え、ちょっと！」

「あ、ごめん」

びっくりしてちょっとにらんだら、河田はすんなりそのつかんだ手を放した。つかまれていた部分が熱を帯びているのがわかる。

「……野菜はさ、手をかけただけ応えてくれるじゃないですか」

「まぁ」

「どれだけ話しかけて、どれだけ目をかけたかで生長具合とか、実のなり方だって変わってくる」

いきなり講義を始めた河田に、「そうですね」と頷く。

「さて問題です。江藤さんに野菜のことを教えたのは誰でしょう」

「えっ？」

改めて河田に「江藤さん」と呼ばれると、自分のことではない気がしてしまう。柄にもなく緊張しているのがわかる。そのまま答えずにいると、河田が口を開いた。

「じゃあ、質問を変えます。今、江藤さんと一番長い時間一緒にいるのは誰でしょう」

困惑が顔に広がっていたのかもしれない。河田は美菜子と視線が交錯するとハッとしたように、「いや、なんでもない」と言い、顔をそらした。

＊

「え？　それ、本当にそう思ってるの？」

良美との久しぶりのランチの時、雅大が取材に来た時の話をしたら、彼女は大きくため息をついた。

「どういうこと？」

「本当に、取材がうまくいかなかったからだと思ってんの？」

指摘されて、美菜子は小さく頷いた。本当にあの時は、雅大との思わぬ再会に気をとられ、青レンのことについて満足に答えられなかった。というか、答えられなかったことすら、あまり記憶にない。

「わかってないなぁ。それって、管理人さんのヤキモチじゃん！」

「まさか」

否定してから、ふと、彼の数々の言葉を思い出す。

一度目、雅大と思わぬ再会をした時、見てみないふりをしてくれた。

企画出しで悩んでいる時、ムカつくような態度ながら、少しずつヒントをくれた。それだけじゃない。畑に関しては素人の美菜子を、青レンで独りぼっちにはしなかったし、会員さんに何かを聞かれて困っている時には、必ず助けてくれた。

それって……そういうこと？

「ようやく気づいたみたいね」

良美はオムライスの脇にあったクレソンをつまんで、パクリと口に入れた。

「彼に似てない？　このクレソン」

主張しないようにそこにいるくせに、食べると、強烈な個性がある。なくても成立はしてしまうけれど、あるのに慣れてしまうと、そこに姿がないのは、少し寂しい。

「そうかもね」

美菜子は小さく微笑んだ。


翌日、丸太小屋に行くと、河田はもう畑に出る準備をしていた。

「おはよう……ございます」

良美に昨日、あんなことを言われたせいか、少し意識してしまう。

しかし、河田はいつもと同じ様子で「早く。行きますよ」と立ち上がる。

「あの！」

「え」

「あの……考えたんだけど。昨日のこと」

河田は振り返り、表情を変えずにじっと美菜子を見つめている。

「定点カメラみたいな感じかなって」

怪訝な顔で見られるのは慣れている。美菜子は大きく息を吸い、一気に続けた。

「いつもそこにあるから……毎日はその変化に気づかないんだけど、つなげてみたら、ちゃんと動きはわかるっていうか……」

「え……何言ってんの」

「だから……その、気持ち的にも同じで……自分では気づいてなかったけど、客観的に見たら、そうなのかなっていうか……」

美菜子がしどろもどろになっていると、河田が黒ブチメガネを少しだけずらして、頬を歪ませた。

「そんな予算ばっかり使えませんから」

「えっ？」

「自分の目で見て、自分で感じとらなくちゃダメなこともある」

「それは……」

自分から定点カメラの話をしておいてなんだけど、河田の言っている意味がわからず、言葉につまってしまった。

気の利いたことを言ったつもりだったんだけどな。こういうところが不器用で全然変わっていないと美菜子は自覚する。それはお互いさまか。

「ホラ、行くよ」

いきなり、頭をくしゃくしゃっとされた。その意外な行動にドキドキしてしまう。

「あ、はい……」

かろうじて返事をし、持っていた荷物をテーブルに置いた。

「お客さんが減ったら、一緒に仕事できなくなっちゃうから」

河田は美菜子の目を見ずにそう言うと、「大収穫祭も近いことだし」と言いながら、丸太小屋を出て行った。

「なんかキャラ変わってるし」

去っていく河田の耳が真っ赤だったのを見て、自然と笑えてきた。

これからどうなるかはわからないけど。

とにかく今は、大収穫祭を成功させたい。

二人で。

【真由】

空が高い。

通り過ぎる風が少しだけ涼しくなった。

そして、トマトやナス、ピーマンやオクラなどの夏野菜が終わりを迎えようとしている。あんなにみずみずしく青々と伸びていた蔓《つる》が、その役割を終えたかのように茶色く変わっていた。

「冬に向けて、何植える？」

かろうじて残っている夏野菜を抜いてしまい、次に向けて土を耕している仲樹が言った。

仲樹は夏に一度見学に来て以来、まるで自分の畑かのようにせっせと、ここに通っている。最近は、いろいろと本を買い込んで、畑について研究し、自分の育てたい野菜を着々と準備しているようだ。

「何植える？　とか言って、自分の植えたいもの、もう決まってるんでしょう？」

「まあね」

そう言って、仲樹は自分のポケットから種を取り出した。

「ほらー」

そんなふうにおどけて言ってはみるものの、こんなふうに軽口を叩けるようになったのも、畑に来るのが苦でなくなったのも、そして、憲吾のことを忘れられるかもしれないのも、全部、仲樹のおかげだ。とはいえ、まだ全然忘れてないけれど。

その日、伸樹に誘われて、久々に夕食を共にした。青山に通っているのに、なかなかこの街を楽しんだことがないからと店もチョイスしてくれたのだ。

青山5丁目レンタル畑も普通に道を歩いていては見つけられない場所だけれど、このビストロダイニングはもっとそうだ。駅から近いのに、近づくまでレストランだとは気づかない。まさに隠れ家という感じだった。

店の中庭はとても手入れが行き届いて、緑にあふれている。それがこれ見よがしではなくて、とても心地がよかった。おまけに、ここで出される野菜のいくつかはこのレストランの屋上で栽培しているものらしい。そんな気遣いがまたよかった。

「なんかノブっぽいね」

「えっ？」

「ううん、なんでもない」

真由は伸樹の言葉をさりげなくかわした。改めて感謝の言葉を伝えたり、思いを言ったりする相手ではないから。

「お料理おいしいね」

「だろ？　俺の目に間違いはない」

「目じゃなくて舌でしょ」

「そんなことはどっちでもいい」

「来たことあるの？」

「ないけど」

「なにそれ」

言いながら、真由はイワシのオイルサーディンを口に入れた。大葉の入ったジェノバソースが鼻を抜けていく感じがする。ここは、お野菜そのものはもちろんだけれど、それよりもその野菜のソースだったり、添え物だったりと形を変えた方が断然おいしく、丁寧な仕事を施しているのがわかる。

「キタマユさ」

「ん？」

ワインを飲みながら見た伸樹の表情は少しこわばっている気がした。

「どうなの最近」

「そんなの知ってるくせに。何もないでしょ」

「じゃなくて、おまえの気持ち」

聞かれて、改めて考えてみた。自分の気持ちを大切にすることなんて、あまり今まで考えたことがなかったけれど、きちんと主張していいんだということを、仲樹が教えてくれた。

「今、何もないけど……それでも、まだ好き……かな」

「そっか」

「なに？」

「いや別に」

仲樹はいつものにこにこ顔のまま、ワインを飲み続ける。

「でも、もう諦めなきゃとも思ってるんだ。私みたいなタイプってきっと誰も好きじゃないだろうし」

「あのさ、いつも思うんだけど、キタマユってどういうタイプなの？」

「えっ？　私って……ほら、人付き合いが苦手だし……」

「でも、友達がいないわけじゃないだろ？　俺ともこうやって普通にしゃべるし」

「……のめり込んだら、周りが見えなくなっちゃうし」

「一つのものに集中できるってことだろ」

あー言えばこう言うという感じで、言葉を重ねてくる。

「それに、初めて気づいたんだけど……好きな人には尽くしたくなっちゃうみたい」

「尽くしたくなるなんて、当たり前だろーが。それが好きってことなんじゃねえの？　世話焼きたくなるもんだよ」

「でも、そういうのって重いと思うんだよね」

「そりゃ、人によるだろ」

「だって、考えてもみてよ。もし、ノブの好みじゃない子から、『好き』って言われたらどうする？」

「うーん、とりあえず嬉しいけど」

「でも、あれこれ世話焼かれたらイヤだよね？」

「イヤではないかな、もしかしたら困ることはあるかもしれないけど」

「ホラ」

真由は持っていたデザートフォークを置いて、ため息をついた。やっぱり諦めるのが一番なのだと思う。すると、仲樹は困ったように口を開いた。

「でも、俺はキタマユに世話されてもイヤな気はしないし、困りもしないけどな」

かしこまって真面目に言う仲樹がおかしくて、ついこちらも笑顔になる。仲樹は人を笑顔にする天才だと思う。

「そんなこと言ってくれるのノブだけだよ。あー、ノブみたいな人、好きになればよかったよ」

なんて、スパークリングワインを飲みながら、マンガに出てくるセリフのようなことを言ってしまう。地味な私がそんなことを言ってしまうほど、ノブはいいヤツなのだ。

「きっついなぁ、おまえは。俺、けっこう真面目に、勇気出してみたんだけどな」

「えっ……あ、ごめん……」

そんなふうに言われて、あやうくグラスを落としそうになってしまった。

「なーんてな」

「なんだ〜。もうからかわないでよ」

「キタマユが単純すぎるんだって」

仲樹は晴れやかな顔でそう言った。

「そうかな……？」

「あのさ、明後日、お弁当作ってきてくんない？」

真由の言葉が聞こえなかったかのように、あっけらかんとそう言って、残っていたワインを飲みほした。

「明後日って月曜？　外出ないんだっけ？　あ、午前中に会議があるんだよね？」

「さすが！　営業事務期待の星！」

「そういうのいいから」

「へーい」

「いいよ。何がいい？」

「それはお楽しみでいいや。そのかわり、今日のところはおごるわ」

「えっ、それはいいよ。いっつも畑来てもらってるんだし」

「いいっていいって。この店、見つけたの俺だし」

ノブは言いながら、もう伝票を持って立ち上がっていた。

「ありがと……」

真由は小さくお礼を言い、仲樹の後をついていった。


月曜日は朝から厚い雲に覆われ、どんよりとしていた。空を見上げただけで、わっと雨が降り出しそうな重さがある。ニュースでは西の方から大型台風が近づいてきているとも言っていた。

外で人の目を気にせずに食べられればよかったのだけれど、そうもいかないし、わざわざ会議室を取るようなものでもないので、それがお弁当とわからないように簡素な紙袋に入れ、仲樹のデスクのイスの上にこっそり置いておいたのだ。

そのまま遠回りをして営業チームの自分のデスクに戻ろうとした時、仲樹や憲吾たちが会議を終えたようでぞろぞろ出てきた。憲吾の顔をこれほど至近距離で見るのは久しぶりで、会えばやっぱりドキドキしてしまう自分に気づいた。

「おつかれさまです」

出てきたそれぞれに挨拶をしていると、憲吾から「今日、お弁当作ってきてくれたんだって？」と耳元で囁かれた。

「え、いや、それは……」

「真由ちゃんの分もあるんだよね？　一緒に食べようよ。今日は雨がひどいからロビーの一部を開放するって言ってたよ」

なんと返事をしていいのかわからず、仲樹の方を向いて目で訴えてはみたけれど、全然こちらに気づいていないかのようにしている。

どうしよう。この際、自分のお弁当を仲樹に渡して、サンドウィッチでも買ってこようか。

「おーい、田宮！」

その時、憲吾が営業部長に呼ばれた。

すかさず仲樹がやってきて、身をかがめる。

「俺にできるのはここまでだから。つーか、これだけだけどな」

「ノブ……」

「大収穫祭誘えよ、ちゃんと」

「大収穫祭？」

「そうだよ。自分のホームじゃないと、おまえいろいろ無理だろ？　だから」

「それってけなしてんの？」

周りを気にしながら、力強く言い返してみせる。

「そうじゃないって。大収穫祭だったら、俺も顔出せるしさ」

ノブがいてくれるなら心強いことこのうえない。

でも……そこまで仲樹に甘えてしまっていいのだろうか。母親の敷いたレールの上が嫌だとごねながらも、結局、誰かにお膳立てをしてもらわないと何もできない自分。

畑のことだってそうだ。ちょっと育て方がうまくいかなかったら、行くのが怖くなった。でも、それを救ってくれたのは仲樹だ。

これ以上、人の力を借りていては前に進めない。

真由は「わかった」と小さく頷いてみせた。

＊

週末は台風が心配されたけれど、結局、関東を直撃することはなく、穏やかな天気が続いた。でも真由の心はずっとざわざわが止まらない。

夏に帰省して以来、しばらくおさまっていた母親からの電話の着信が続いているからだ。夏の終わりは多分、自分のゴスペルの発表会やら、新しく始めたお稽古事で忙しかったのだろう。それが落ち着いたから、またこちらに目を向けるようになったのだ。じゃなければ、近所の同級生が結婚したか、はたまた子どもが生まれたか。とにかく何か、自分の娘と比較したいようなことが出てきたのだと思う。

そして、真由の心をざわめかせている原因はもう一つある。

ついさっき、同じ部署の横溝洋子から、伸樹が年内に会社を辞めるという話を聞いたのだ。もちろん本人にはまだ確認していないけれど。当の伸樹は何も変わった様子などまったく見せていない。


大収穫祭は一週間後に迫っていた。

当日は、それぞれの畑でできたものを収穫し、畑のみんなでバーベキューをすることになっている。実が大きくなりすぎたものを除いて、収穫できるようにとっておかなければならない。

少しだけれど、サツマイモも育てているので、真由は枯れた蔓を取りのぞき、土寄せをしていった。土に触るとだいぶひんやり感じるようになった。もう秋なのだなぁと思う。

「キタマユ！　やっぱ来てると思った」

「ノブ！」

仲樹は、コンビニで買ってきたらしいお弁当を掲げてみせた。

「メシまだだろ？」

真由は頷く。土曜日は午前中に青レンに来て、仲樹や管理人の美菜子、河田と一緒におにぎりを食べるのがここのところの習慣になっていた。

「おっ、いいじゃんいいじゃん。来週が楽しみだ」

相変わらず仲樹は何も変わった様子がない。あまりに普通すぎて、あのことを切り出せないままでいた。

「ねえ、来週、ノブも来るよね？」

「もちろん！　憲吾さんも来てくれることになったんだろ？」

真由は小さく頷いた。

「誘えてよかったな」

「うん、ありがと」

「あ、お二人ともお揃いで！」

美菜子が真由の区画にやってきた。この人は本当にいつも笑顔だ。

「ロメインレタスができたので、サンドウィッチにしてみたんです。一緒にいかがですか？」

「わぁ。ありがとうございます。いただきます！」

この畑をレンタルして半年以上。美菜子や河田、それからノブのおかげで、少しだけ、素直な感情を出せるようになった。


仲樹の持ってきたお弁当を紙皿に広げ、ロメインレタスと生ハムのサンドウィッチをみんなで分ける。ごはんを外で食べるということ、しかも、自分の作ったものを食するということが、こんなにおいしいということをこの歳になって改めて実感した。実家ではあまり、食事の時間を楽しいと感じたことがなかったのに。

「大収穫祭、池田さんもいらっしゃるんですよね」

河田が聞いてきた。無口だと思っていたけれど、仲樹とは気が合うらしく、よくしゃべっている。美菜子とも言い合いをしながら、とても仲が良さそうだ。とても、ここは居心地のいい空間だと思う。

「もちろんです。あと、会社の先輩にも来てもらう予定です。な？」

仲樹は真由に話を振った。反射的に小刻みに頷く。

「わぁ、その方も野菜に興味を持ってくださってるんですか？」

「そうなんです」

真由は微笑んだ。

実際、そうだった。あの日、仲樹がセッティングしてくれたおかげで、憲吾と一緒にお弁当を食べられたし、大収穫祭に誘うこともできた。すると、いつも不健康にしているからと、土いじりをできることにことのほか喜んでいた。

でも、真由はまだ仲樹に退職の件を聞けていない。


大収穫祭当日は気持ちのよい秋晴れだった。

レンタルしている人たちもそれぞれの友人を呼んだようで、青山5丁目レンタル畑はとてもにぎわっていた。

憲吾もTシャツにウィンドブレーカーの上下、そして長靴というように、いかにも作業しやすい服装をしている。

到着した瞬間から「すげー、すげー。こんなところに畑があるなんて！」と声を上げ、今は嬉々としてサツマイモの収穫をしている。真由はその隣でほうれんそうの収穫をしていた。

「池ちゃんは？」

「もうすぐ来るはずなんですけど……」

「ね。その敬語止めない？」

「えっ？」

突然の憲吾の発言に、真由は手を止める。

「あのさ、俺とのこと、真面目に考えてくれないかな？」

思いがけない言葉が飛んできて、まともに顔を見られるはずもない。真由はうつむいた。

「それとも池ちゃんのこと、気になる？」

それはない。

とっても大切な友達だし、自分を支えてくれた人ではあるけれど、それとこれとは違う。そんなふうに情とかに流されず、自分の考えをしっかり持って、それをハッキリ言ってもいいんだと思えたのも彼のおかげだけど、それは恋ではない。

真由はぶんぶんと首を振り、それから言った。

「……よろしく、お願いします」

言い終える前に、憲吾は満面の笑みを見せた。この人の屈託のなさが好きだなと思う。

「よし！　収穫したの運ぼうか！」

「ハイ！」

元気に答えたのに、「かわいいけど、ハイじゃないだろ？」と横目で軽くにらまれたので、「ハイ……うん」と言い直し、野菜のいっぱい入った大きなかごを憲吾と一緒に持った。

丸太小屋に入ると、美菜子や河田が、会員から集めた野菜の仕分けをしていた。

区画数はあまりなくても、全員分だと、相当な数の、しかも色とりどりの野菜が集まる。ベテランさんもいるから、真由のように一般的な野菜だけではなく、珍しいパプリカやカリフラワーに似たロマネスコなども並んでいる。ウリの仲間のキワーノというものもあるらしい。

「わー、すごい！」

「なんか、まさに手作りって感じでしょう？　ビタミンカラーで元気も出るし」

美菜子の言葉に真由は頷く。

すると河田が、「火、おこすの手伝っていただいていいですか？」と憲吾に聞いた。

「やっぱりここは男手が必要なんで」

「もちろんです！　手伝わせてください」

憲吾と管理人さんは連れ立って外に出て行った。

「じゃあ、真由ちゃん、野菜を切るの手伝ってもらっていい？」

「はい！」

その時、「こんにちはー」と入ってきたのは予想どおり仲樹の声だったのだが、あとに続いて入ってきた人物を見て、真由は声を上げそうになった。

あれほど東京に来るのを嫌がっていた母の姿がそこにあったからだ。

眉間にしわも寄せず、にこやかに美菜子に挨拶した母は、収穫された野菜の山を見てきゃあきゃあとはしゃいでいる。そんな姿が信じられず、真由はぼんやりと眺めていた。

「ごめんな、勝手に」

「ううん、でも……どうして？」

「俺さ、年内で会社辞めて、実家に戻ることにしたんだ」

仲樹は真由の直接の問いには答えなかったけれど、真由がずっと気になっていたことを自分の口から告げた。

「そっか」としか言えず、黙ったまま、また母と美菜子のやりとりに目をやると、仲樹が
「さっき、丸太小屋の外からずっと見てたんだ。おばさん、『あの子もあんな顔するのね』だって。キタマユに嫌われてると思ってたみたいだよ」と言った。

「えっ？」

真由は驚いて母の姿を見た。家が嫌いで飛び出したことはたしかだけれど、嫌われていたのは自分の方だと思っていた。

でも……今までの母親の行動を良い方に考えれば、真由を縛り付けようとしたのは心配の表れであり、周囲に見栄を張っていたのは、そうなってほしいという願望だったのだとすれば、納得がいかないこともない。

それを遠ざけ、ずっとうっとうしいと思ってきたのは真由自身だ。

まだまだ若いと思っていたけれど、もう五十の大台に乗っている。装いや雰囲気ははつらつとしているけれど、ふとしたところに衰えが見える。今まで自分は何をやってきたのだろうと、胸をしめつけられる思いだった。

「お母さん……畑、見てみる？」

「あら、そう？」

振り返った母は、久しぶりに穏やかな表情だった。

「美菜子さん、ちょっとだけすみません。すぐ戻ってきますから」

そう告げると、美菜子は「せっかくお母さまが来てくださったんですから、ごゆっくり。こっちは池田さんが手伝ってくれるはずですから」と、仲樹をさした。

「とーぜんです」

その仲樹の言い方に、皆が笑う。

丸太小屋の中に、秋の柔らかな光が差し込んで、野菜たちはきらきらとした輝きを見せていた。


【祥子】

「先日、とうとう見てしまいました。野菜のおばけです！

……フフフ、そんなことを言ったら、驚かれてしまうかもしれませんね。『あなたの畑にはおばけがいるの？』って。

でも、ウソのようなホントの話なんです。

忙しくて、ちょっと畑に行かなかったら、オクラとズッキーニが見たこともない大きさになっていて。オクラはきゅうりみたいだし、ズッキーニはなんていうんでしょう。ものすごく太いとうもろこしを三本縦につなげたくらいの大きさになってました。

何より息子たちの反応がおもしろくって。

下の子は『おばけだ、おばけだ！』なんてキャーキャー言ってただけですけど、上の子は冷静に『観察のしがいがあるな』ですって。

きれいにおめかしした商品ではない野菜を見るのも、いい経験ですね」

そこまで書いて、パソコンを閉じた。

結局、こうすることしかできない。

もう止めよう、普通に、ありのままを書けばいいと思っていても、どうしても周囲の目が気になってしまう。

作家でも芸能人でもないのにヘンなの。自分は誰の目を、どんな読者を気にしているのだろう。

テーブルの上には美菜子からもらった大収穫祭のチラシがおいてある。

パソコンで作ってから、手描きでいろいろ付け加えたようなものだ。そのデジタルとアナログのバランス感覚がとても心地よい。作り手の個性がそこには表れている。

今、美菜子は青レンの新事業として、農園レストランの開業を考えているらしい。本当に野菜メインで経営が成り立つのかどうか、野菜だけのお料理は可能かどうかと相談された。フェイスブックを見てくれていたらしく、「お料理が得意そうなのでいろいろ教えてください！」と声をかけられたのだ。その時はわかる範囲で答えはしたけれど、自分も新しいことをやってみたいという気持ちがむくむくとわき起こってきた。

畑を始めて半年以上。

その間に様々なことが起こった。いろいろなことも発覚した。

蒔いた種は地面に出てこなければどんな花を咲かせるかわからないし、どんな実をつけるかわからないのだ。とにかくアクションを起こさなければ、何も動き出さない。

まず、勇気を出して夫に直接聞いてみようか。

午後三時。もうすぐ子どもたちが帰ってくる。祥子は夕食の準備を始めようと席を立った。

「なに、これって誰でも行けんの？」

颯真と涼真が寝静まってから帰ってきた幸治が食事をしている時、大収穫祭のチラシを見せたら、珍しくそんなことを言い出した。

「借りてる人ならもちろん制限ないと思うよ」

「じゃなくて、借りてない人」

「えっ……誰か呼びたい人いるの？」

前触れもなく、心の中がざわざわとした。祥子が聞けないでいるうちに、夫の方から切り出してくるということだろうか。とうとう、今まで頑なに守り、いや、取り繕ってきた生活が失われてしまうのか。

その姿を想像するだけで身構えてしまい、小さな震えが止まらなくなった。

「ユウキがさあ、畑を見てみたいって言うんだよね」

「ユウキ……さん？」

「うん、会社の後輩」

あまりにさらりと言うので、拍子抜けした。その人が一緒に女装をしている仲間なのだろうか。

その日、自分はどういう顔をして過ごせばいいのだろう。子どもたちの前でどういう態度をとればいいのだろう。

何でも大らかに、そしてにこやかに受け止める余裕ある妻を演じ続けられるだろうか。

大収穫祭当日。

昨日は興奮して、あまりよく眠れなかった。遊びに来た時にチラシを見つけたママ友からも「私も見てみたい」と言われたけれど断った。今日はそれどころではない。決戦の日なのだから。

現地集合をしようと言って、先に出ていった夫を見送り、颯真、涼真と共に電車に乗った。二人とも久しぶりの畑だからか、収穫の日だからか、少しいつもより浮かれている感じがする。この子たちの笑顔を奪いたくはないけれど、幸治の出方によっては、悲しい思い出となってしまうかもしれないのだ。

電車の中でクイズを出し合っている息子たちを見て、祥子は何も起こらないように、いや、起こさないように自分に言い聞かせていた。

「颯真くん、涼真くん、久しぶりだね」

青レンに着くと、美菜子が出迎えてくれた。そして、さっそく「こっち、手伝ってくれる？」と声をかけ、祥子に「息子さんたち、お借りしまーす」と、畑の方に走っていった。

畑の中を見回すと、もうかなりの人が集まっている。

遠くで、若いＯＬさんが頭を下げてくれたので、祥子も会釈を返す。最近、愛嬌のある男の子と一緒に来ていた子だ。「彼は幼なじみなんです」と主張していたけれど、二人はなかなかいい雰囲気だった。

隣にいるのはお母さんだろうか、目元が彼女にとてもよく似ている。

「今日は子どもたちも一緒なのね」

振り返ると、そこには恵理子がいた。思わずすがりつきそうになってしまうのをかろうじて抑える。

「そうなんです……あとで夫も……」

と言うと、事態を察したのか、恵理子は「なに、どうしたの？」と声を潜めた。

「恵理子さん、すみません。私がおかしなことを言わないか見ていてもらえませんか」

「えっ、どういうこと？」

その時、涼真が「お父さん、来たよ！」と走ってきた。見たくない、けれど、そういうわけにはいかないと、幸治の方を見ると、その先にいたのは妊婦さんだった。しかも、あのボッテガのバッグを手にしている。

これは……どういうことなんだろう。

幸治の相手は男性ではなかったのか。いやいやいや、違う。やっぱり女性だったということ？　ということはいわゆる普通の浮気？　だったらいいか。そうじゃないそうじゃない。いいわけがないでしょう。お腹が大きいということは、幸治の子？　颯真と涼真にきょうだいができるということになるの？　私は？　私はどうしたらいいの？

何が何だかわけがわからなくなって、叫び出しそうになるところを恵理子がぐっと支えてくれた。

「祥子さん。しっかり」と恵理子に小声で言われ、ようやく自分を取り戻した。目の前には妊婦さんが立っている。

「こ、こんにちは」

声が裏返ってしまった。

「はじめまして。結城と申します。ご主人にはいつも大変お世話になっています」

その妊婦さんは、とても落ち着いた声でそう言った。

「えっ？　あ、ユウキ……さん？」

落ち着いた様子に驚き、祥子は改めてまじまじと結城と名乗る妊婦さんを見た。肌はつるんとしていて、お腹は出ているけれど、マタニティっぽくないいでたちをしている。二十代後半といったところだろうか。落ち着きの中に、あどけなさもある。

「あの……もしかしたら、誤解されているんじゃないかと……」

祥子がぽかんとしていると、その妊婦さんは、改めて「結城麻子と申します」と神妙な顔で頷いた。

「ユウキ……？」

「はい、結城です。私の夫は結城徹といいます」

「ごめん、いろいろ。なんか不審に思ってただろ」

　フォローするかのように幸治が言った。

「え……？」

　スマホを覗いていたことなどがバレていたということか？

「ほら、そのバッグの位置とかが変わってたから」

　彼女が持っているボッテガのバッグのことだ。ウィッグが出てきたことで動転してしまい、元通りにしなかったのかもしれない。

「実は……私と夫は社内結婚なんですけど、結婚当初からうまくいかなくて……お互いに気づかないまま、新井さんに相談していたんです。このバッグのこともいろいろ考えてくださって……。夫のおわびなんだそうですけど、タイミングがいい時まで預かってくださって……。新井さんご夫妻はホント憧れなんです」

「私たちが……？」

「はい。フェイスブックもよく読ませていただいています」

「ええっ？」

　思わず幸治を見ると、「そうらしいんだよ」と肩をすくめた。

「今日も無理をお願いしてしまいました。ぜひ、奥様にお料理を教えていただきたくって」

「はぁ……」

と、その時、「なんだ、よかったじゃない！」とバンと恵理子に背中を叩かれた。

「あなたの理想のフェイスブックも伊達じゃなかったってことじゃない」

恵理子にはそう言われたけれど、何か釈然としない。

「でも……ウィッグは？」

幸治に尋ねると、麻子は「やっぱりそうですよね。それも、夫のです……。イベントで女装する機会があって、でも、私が怒ると思って預けていたみたいで……」と申し訳なさそうに手を合わせた。

「腕を組んでたというのは……？」

「やっぱりバレてたのかー」

夫がのけぞりながら額に手を当てる。

「あ、それも私の夫です。なんだか、結婚式の余興のビデオ撮影とかで」

「え〜〜っ？」

祥子より先に恵理子が声を上げたので、思わず笑ってしまった。

「なんか……私、バカみたい」

「お母さんお父さん！　焼き芋やるって！」

涼真が走ってきた。見ると、颯真はすでに火おこしを手伝っているようだ。

「行きましょうか！　あ、でも妊婦さんは煙に近づかない方がいいかな。じゃ、うちの畑の収穫、手伝ってくれます？」

祥子は我ながら調子がいいと思いつつも、いつもの感覚を取り戻し、麻子を畑に誘った。麻子も「ホントですか？　ありがとうございます！」と笑顔になる。

その笑顔を見て思う。やっぱり自分は誰かの笑顔が見たいのだと。偽りのサロネーゼと言われようと、きれいごとと言われようと関係ないと、初めて思えた。誰かの目を気にしているからではなくて、それが自分の一番やりたいことなのだ。

向かう先には、チンゲン菜の葉がピンと反って、収穫されるのを今か今かと待っていた。

エピローグ

ようやくこの日を迎えられた。

自分の企画が全部通るとは思っていなかったけれど、きっと企画部の上司である小井戸が口を利いてくれたのだと思う。美菜子が提案した事柄はほぼ認めてもらえた。また、役所の方でも、河田が完璧なプレゼンを行ってくれたようで、「食卓レインボー化計画にふさわしい」と、ほとんど承認してくれたようだ。

色とりどりの、山盛りの野菜の前でみんなが声を上げるのを見て、ここが職場というのも悪くないなと改めて思う。確実に、会員さんたちの心には残るし、笑顔も増える。それに、今、企画している農園レストランも、根拠はないけれどうまくいきそうな気がしている。それから、ほかのイベントも。

「満足してないで、早く動け」

背後から声がした。もちろん河田だ。ぶっきらぼうな言い方をするのは照れ隠しだということはもうわかっている。

「私ね」

美菜子は河田の言葉に答えず、そう切り出した。

「うん」

「この仕事、ホントは嫌だったの、最初」

「知ってる」

「だよね。あなたのことも苦手だった」

「知ってる」

「異動を取り消してくれとも言おうと思ってた」

「そんなことは予想がつく」

「そっか。だよね」

「俺も」

「えっ？」

思わず、振り返り見上げてしまう。でも、河田はこちらを見ようともせず、ただ青レンの会員さんたちを見つめていた。

「ピーマン嫌いの子がいつまでもピーマン嫌いなわけじゃない」

「なにそれ。誰の言葉？」

「俺」

「はぁ？」

思わず、アホな声を出してしまった。相変わらず突拍子もないことを言い出す。でも、本人はいたって真面目なのだ、多分。

「まぁ、嫌いなものがあってもさ、大人になるまで嫌いでい続けるということはめったにないってことだ」

河田に言われて、ふと「そうかも」と思う。日々、考え方は変わるし、そこに経験というものも加わっていく。ということは、嫌いなものを無理にやることもないし、決めつけなくてもいいということだ。

ならば。

今の自分は何がしたいのだろう。突然、異動になって、ただ、追われるようにやってきた半年だったけれど、来季に向けてやりたいことがたくさんある。この青レンももっと設備を整えたら、イベントや交流会もどんどんやりたい。会員さんのブログで収穫した野菜の自慢をしてもらってもいい。お互いに、手作り肥料などの講師をしてもらってもいいかもしれない。

ちょっと考えるだけで、いろいろと企画があふれてくる。

それは、文句を言いながらも、受け入れてくれる河田がいるからだ。

あきれたような顔や真面目に意見する顔、ふと見せる少年のような顔……そんな表情をもっともっと見たい。新しい表情を引き出したい。今ここにある季節が過ぎてまた次の季節が来たとしても。

「皆さーん！」

お腹から声を出すと、横で河田が「わ！」と耳をふさぐ。

美菜子は構わず、「野菜たちの前で写真撮りましょー！」と大声で続け、「ほら、行きますよ！」と河田の腕をつかみ、走り出した。

この作品は書き下ろしです。原稿枚数317枚（400字詰め）。
NexTone許諾番号PB41377号

青《あお》山《やま》5丁《ちょう》目《め》レンタル畑《ばたけ》

白《しら》石《いし》まみ

平成30年6月10日　初版発行

発行人――石原正康
編集人――袖山満一子
発行所――株式会社幻冬舎
〒151-0051東京都渋谷区千駄ヶ谷4-9-7
電話　03(5411)6222(営業)
　　　03(5411)6211(編集)
振替00120-8-767643
印刷・製本―中央精版印刷株式会社
装丁者――高橋雅之

検印廃止

幻冬舎文庫

ISBN978-4-344-42746-4　C0193　し-42-1

幻冬舎ホームページアドレス　http://www.gentosha.co.jp/
この本に関するご意見・ご感想をメールでお寄せいただく場合は、
comment@gentosha.co.jpまで。